오늘도
하나
배웠네요

[장   민   지   ]

효율을 사랑하고 계획을 즐기는 사람,
열정을 태운 후에 잘 쉬는   사람,
어쩌면 잘 쉬기 위해서 더 열심히 사는 사람,
환절기 감기 같은 아픔을 잔잔하게 보낼 줄 아는
단단한 사람, 큰 파도를 맞고도 다시 바다로
헤엄쳐 가는 사람이지만 가끔은 또 아니다.

오늘도 하나 배웠네요

장민지

차례

오늘도 하나 배웠네요

서문이 이렇게 어렵다는 것을 왜 아무도 알려주지 않았나요? 잔뜩 힘을 주고 쓴 서문을 버리고, 빈 페이지 앞에서 그동안 쓴 글들에 대해 다시 되짚어 봅니다. 되짚어보니 인생은 크게 재미와 배움이라는 생각이 들었어요. 그리고 이 두 단어를 섞어보니 '배우면서 느끼는 재미'와 '재미로부터 발견하는 배움'. 두 가지가 저의 인생을 흥미롭게 해주고 있다는 생각이 들었습니다.

고백하자면 온실 속의 화초라고 하기엔 재밌는 바깥 경험을 많이 했고, 그렇다고 세상 밖을 활보했다고 말하기에는 세상 밖으로 나가기가 두려웠습니다. 인생의 다음 스텝으로 가기 위한 긴 여정에서 만나는 절망과 두려움은 지금 생각해보면 아주 작은 것이었고, 몇 년을 주기로 찾아오는 괴랄한 이벤트를 만날 때마다 늘 주저앉기를 반복했네요.

주저앉아 있었어도 털고 일어난 이야기들을 하고 싶었습니다. 지금 이야기하지 않으면 다음 인생페이지를 열지 못할 것 같다는 생각도 들었고요. 재미와 배움이라는 짧은 단어 속에서 긴 여운을 남기고 싶다는 것은 과한 욕심이고, 개천에 사는 개

7

구리가 이렇게 사는구나 정도로 바라봐 주시면 기쁜 마음이겠습니다. (저는 사실 개천은 아니고, 춘천에 삽니다.)

더 나아가 제 인생 기록들을 읽고 '직접' 실행에 옮겨 보시기를 바랍니다. 개구리도 하는데, 이 글을 읽는 당신이 못할 이유는 없으니까요. 바쁘고, 귀찮고, 힘들고, 자신 없어도 '어떤 것'이든 해보세요. 4개월의 여정 동안 바쁜 일상 속에 틈을 내어 그렇게 만들고 싶던 책 한 권을 완성하는 일도 저는 결국 해냈으니까요.

오늘도 하나 배웠네요. 서문은 어려운 것이니 항상 고민할 것. 부끄러운 글을 내는 일에 큰 용기가 필요하다는 것. 그래도 책을 완성하는 일이 인생에서 겪은 일 중 가장 재밌고 유쾌한 시간이었다는 것을.

어디서 이 책을 만나게 될지 모르겠지만, 오늘도 하나 배우는 멋진 나날이 이어지길 응원하겠습니다. 아무쪼록 건강하세요.

대충 맺어지는 흐지부지한 하루 보다
성실히 매듭 짓는 하루를 만드는 것.

1부

육아일기(feat.나)

내가 나를 육아 중

나는 일 중독자, 워커홀릭이었다. ('일 중독을 고치는 중이다.'가 맞는 표현일지도 모른다.) 회사 일을 열심히 하고, 퇴근을 하면 부업을 하면서 남은 체력을 갈았다. 부업이 없는 날에는 영어회화 공부를 하고, 주식 공부를 하면서 1분 1초를 촉박하게 보냈다. 그때는 체력 좋고, 열정적인 내 모습을 보면서 스스로 멋지다고 칭찬했다. 그리고 번아웃으로 두들겨 맞았다. (번아웃은 오는 게 아니라 두들겨 맞는 것이다.)

그 일 중독 시기에는 음식을 해먹은 적이 거의 없다. 가끔 라면을 끓여 먹거나, 남은 배달음식을 덥히는 것 말고는 모두 시켜 먹었다. 기름진 음식 위주로 섭취했는데 짜장면, 햄버거, 치킨, 돈까스 등이었다. 건강하다고 자부했고 밥을 짓고 국을 끓이는 일은 시간 낭비 같았다.

결국 건강에 이상이 왔다. 간수치는 정상 범위를 훨씬 벗어났고, 혈당도 높았다. 체중은 말할 것도 없이 비만이었다. 건강검진 결과에서 수치가 높은 것은 많은 사람에게 해당하는 문제이지만 발과 다리가 붓고, 기력이 없었다. 조금만 움직여도 눕고 싶고, 눕고 있으면 일어나고 싶지 않았다.

일도, 생활도 지탱할 수 없는 지경까지 갔다. 일에 도무지 집중할 수 없었고, 부업도 모두 멈췄다. 몸과 마음이 지친 상태로 내가 할 수 있는 건 침대에 누워 배달 어플로 밥을 시키고, 유튜브를 보는 것이 전부였다. 바닥까지 내려간 상태를 끌어 올리려고 산책도 하고, 독서도 해봤지만 순간일 뿐 다시 침대에 널브러져 하루를 보냈다. 나는 어떻게 다시 일어나야 하는지를 몰랐다.

배달음식을 주문하고 침대에 널브러져 생각했다. 매일 학교에 가서 밤 10시까지 야간자율학습을 어떻게 했지? 주말마다 무거운 가방을 메고 도서관을 어떻게 갔지? '집밥'이 있었구나. 엄마가 해주는 뜨신 밥을 먹고, 잘 다려진 교복을 입고 학교를 가던 일상들이 스쳐갔다. 엄마가 나를 육아(양육)했듯이 내가 나를 육아해야 한다고 마음먹었다. 결국 번아웃이 온건 내가 나를 엄격하게 괴롭힌 결과라는 생각이 들었다. 어린 아이에게 신선한 재료로 만든 이유식을 주듯이 나도 나에게 신선한 재료로 만든 식사를 먹여야 했다.

그래서 배달음식을 끊었다. 배달 어플을 지우는 일은 간단했지만 밥을 차리는 일은 간단하지 않았다. 마트에 가서 장을 보고 직접 고른 재료들로 음식을 했다. 재료 손질부터 설거지까지 하면 족히 2~3시간은 잡아먹었다. 2~3시간이면 부업도 하고, 책도 읽고, 공부도 할 수 있는 시간이라는 생각이 자꾸 떠올랐다. 스스로 밥을 짓는 일을 중요한 요리 경연대회라고 생각했다. 번아웃이 사라질 때까지는 나라는 심사위원에게 맛있는 음식을 먹이는 것에만 집중했다. 좋아하는 나물을 무치고, 찌개를 끓였다. 어느 날은 반찬이 짜고, 어느 날은 밥이 질었다. 그래도 쉬지 않고 먹였다.

가끔 짜장면이 먹고 싶으면 배달시키지 않고 중국집을 갔다. 최소 주문금액 때문에 불필요하게 시키던 탕수육이나 군만두를 시키지 않고 온전히 짜장면 한그릇만 먹고 집에 왔다. 유쾌한 경험이었다. 중국 음식을 먹고 속이 더부룩하지 않을 수 있구나. 생각해보면 짜장면, 햄버거, 치킨, 돈까스가 잘 못한 건 없고, 미련하게 먹은 내 죄가 제일 크다. 역시 떡볶이는 살이 안 찌지, 살은 매일 시켜 먹는 내가 찌지.

내가 나를 사랑하는 가장 확실한 방법은 양질의 식사였다. 내 눈과 손으로 고르는 식재료. 건강을 위해 소금 간을 줄이는 것. 1회용 플라스틱 용기와 나무젓가락 사용을 줄이고 내가 좋아하는 그릇들로 음식을 채우는 것. 맵고 자극적인 음식 보다 단순하고 재료의 본연의 맛이 나는 음식을 즐기는 것. 과식하지 않는 것.

포기하지 않고 밥을 잘 챙겨 먹으니 요령도 붙고 살림도 늘었다. 대파 한단을 사면 반은 망가져 버렸는데 이제는 모두 정리해서 냉동실에 넣는다. 냉장고가 꽉 차지 않도록 식재료를 조절해서 사고, 반찬을 한 번에 많이 하지 않는다. 2~3시간 걸리던 것들도 미리 계획하고 준비하니 1시간이면 설거지까지 마칠 때도 있다.

그렇게 회복하는 것이다. 갓 지은 밥이 입을 가득 채우고 배를 부르게 하니 기력이 생긴다. 기력이 생기니 침대에서 머무는 시간 보다 일을 하고, 산책을 하고, 책을 읽는 시간이 길어진다. 그러면 무너졌던 일상을 지탱할 힘이 생긴다. 영혼을 갈아 일하지 않고, 충분히 감당할 수 있는 시간만 공부한다. 가끔은 과하게 배달음식을 시킬 때도 있고, 코피를 쏟으면서 에너지를 쏟는 날도 아직 있지만 그래도 내가 나를 육아한다고 생각하니 스스로 오늘은 무엇을 먹고 싶니? 물어보며 끼니를 챙겨준다. 그러면 촉박하던 하루에도 숨통 트일 시간이 있으니 번아웃에 두들겨 맞을 일은 없다.

애주가의 알코올중독

어렸을 적 드라마를 보면 다들 퇴근 후에 삼겹살 집에서 소주 한 잔을 마셨다. 소주 한 잔을 털고 껍데기를 우걱우걱 씹으면서 스트레스가 날아가는 연기를 보고 있으면 나도 나중에 어른이 되면 꼭 저렇게 저녁마다 삼겹살에 소주를 마셔야지 다짐했다. 가끔 공원에서 젊은 주인공들이 농구를 하고 캔맥주를 뜯거나 재벌 회장님들은 고급 바에서 위스키를 마셨다. 하루 동안 받은 스트레스를 푸는 방법은 술이었다.

진단을 하고 병명을 받은 것은 아니지만 나는 20대에 알코올중독이었다고 믿는다. 그 당시에는 나름 자칭 애주가로 스스로를 응원하며 티끌만한 스트레스에도 소주를 마셨다. 가진 게 없어 서글플 때는 남은 동전을 모두 긁어모아서 생라면에 소주를 걸쳤다. 날이 선 친구의 문자에도, 생각보다 많이 나온 휴대폰 요금에도, 당장 내일 제출해야 할 과제에도 스트레스 받는다는 이유 하나로 술을 찾았다. 그때는 그게 멋이고, 낭만이라는 생각도 했었다.

내 삶이 어느 정도 안정궤도에 진입했을 때도 스트레스를 술로 풀었다. 인간관계에서 지치면 다른 사람들을 불러모아 시시콜콜한 이야기들을 하며 술을 마셨다. 그렇게 술자리에 끊임없이 나가면서도 스트레스가 전혀 풀리고 있지 않다는 느낌이 든 고마운 시점이 있었다. 술자리에 나가서 웃고 떠들고 오는 것이 스트레스가 된 것이다.

술자리를 좋아하는 사람들은 안다. 술자리는 8할이 누구랑 마시는지, 2할이 안주가 무엇인지다. 그래서 회식자리에 가기 싫어도, 메뉴가 한우라면 꼭 참석하게 된다. 핏기만 겨우 빠진 한우를 순식간에 비워내고 바로 집으로 온다. 반대로 안주라곤 새우깡 하나여도 자리를 지키고 앉아있는 건 멤버가 좋을 때다.

그런데 어느 순간부터 술자리마다 조금이라도 텐션이 떨어지면 내가 억지로 애를 쓰면서 웃고 있거나 술 취한 멤버들이 싸우기라도 하면 싸움을 뜯어말리느라 시간을 보내고 있고, 어떤 이들은 회사 얘기만, 여자 얘기만, 남자 얘기만 3~4시간을 혼자 떠드는 통에 질려버릴 때도 있다. '훈훈한 분위기'에 '짠' 한 번 하기가 이렇게 어렵다.

술을 마시는 것이 더는 인생의 즐거움이 되지 않으니 술을 끊겠다고 다짐했다. 다짐은 3일을 넘기지 못했다. 그래서 타인의 일처럼 자연스럽게 마시게 돼봤다. 대신 술을 마시는 날을 달력에 표시했다. 한달동안 원 없이 마셨다. 달력에 표시된 날을 세니 이틀에 한 번 꼴로 술을 마시고 있었다. 기가 막혔다. 부모님에게 하는 안부 전화도 일주일에 한번이면 많이 한 거다. 무엇인가 꾸준하게 이틀에 한 번 하는게 뭐가 있을까?

나도 모르게 술에 의존을 하고 있었다. 술을 마셔야 하루의 피로가 씻기는 것 같고, 술을 마셔야 고생한 내가 좀 덜 억울한 것 같았다. 아예 끊는다는 것은 바라지도 않고, 적당한 횟수에 스트레스를 해소하는 즐거운 술자리를 가질 방법이 필요했다. 몇 가지 규칙을 정할 필요가 있었다.

횟수를 줄이기 위한 첫번째 규칙은 일주일에 금, 토요일 중에 단 하루만 마시기로 했다. 두번째 규칙은 스트레스를 받았다는 이유로 술을 마시지 않는 것이다. 술은 스트레스를 해결해주지 않는다. 세번째 규칙은 하이텐션을 위해 애쓰지 않아도 되는 편한 술자리에서만 술을 마시는 것으로 정했다.

이렇게 규칙을 정하고 술을 마시니 술이 다

시 달달했다. 편한 자리에서 일주일만에 마시는 술만큼 반가운 것도 없었다. 일주일동안 쌓인 스트레스가 사르르 풀렸다. 맛있는 안주와 소중한 사람들과 술잔을 가득 채워 '짠'하는 쨍그랑 소리만으로도 그동안 씁쓸했던 일들이 눈 녹듯이 사라지는 느낌이 들었다.

그리고 몸이 아주 조금 건강해지는 느낌을 받았다. 이전에는 쓰린 속을 부여잡고 365일을 버텼고, 손과 발이 탱탱 붓고 온 몸이 무거웠다. 술과 거리를 두니 건강검진에서 간수치가 확연히 줄었고, 맑게 깨어 있으니 운동을 하거나 생산적인 일들을 더 할 수 있었다. 술값이 줄어 경제 상황이 좋아진 건 말해 뭘할까?

이 글을 친구들이 읽는다면 항의할 것 같아 사족을 쓰자면 언제나 규칙은 유동적으로 변하기도 한다. 일주일에 두번의 술자리가 있을 때도 간혹 있다. 그래도 놀라운 것은 이틀에 한 번 꼴로 마시던 술이 일주일에 한 번이 되고, 평온한 나날이 이어지거나, 컨디션 조절이 필요할 것 같은 느낌이 들면 과감하게 몇 주 동안 술을 마시지 않는 장족의 발전을 이루었다.

발전에도 불구하고 애주가의 타이틀은 이상하리 만치 나에게는 낭만적이라 전통주 체험을 하러 가고, 맥주 페스티벌이나 수제맥주집을 방문하기도 한다. 모과, 오디, 사과, 야관문, 원두 등으로 담금주를 만들어서 서늘한 곳에 보관하고, 열어야 되는 시기가 오면 예쁜 유리병에 담아 가족 모임이나 친구들 모임에 들고가서 시음회를 한다. 그렇게 스스로 중독자에서 멋진 애주가가 되가는 것 같아 뿌듯함을 느낀다.

스트레스를 술로 풀지 말자. 그런데 속 풀 때는 역시 해장술이다. 찡긋.

게임을 끊는 게임

아직 게임을 끊는 게임을 하는 중이다. 현실이 시궁창일 때는 게임 세계만큼 마음 편한 곳도 없다. 현실에서는 경험치가 미미하게 늘어도, 게임에서는 눈에 보이게 레벨업을 하기 때문이다. 영어를 꾸준히 배워온 10대를 거쳐 해외여행을 갔을 때 한마디의 영어 문장을 내뱉지 못해 좌절해도, 게임은 고된 노력 없이 쉽게 만렙을 달성할 수 있었다. 손에 바로 잡히는 너무나도 쉬운 성취감이 늘 짜릿하게 했다.

고등학교 때는 카트라이더에 빠져 친구들과 학교를 탈출해 PC방에서 8명이 단체전을 하고, 그 즐거움에 사로잡혀 교실 수업용 컴퓨터로 카트라이더를 하다 선생님께 걸려 다같이 오리걸음을 걸었다. 그래도 정신을 못 차리고 8명이 카트라이더 맵 속 바다를 보고 속초로 가자고 뛰쳐나온 적도 있었다. 우리는 속초를 가려다 그대로 PC방에 갔다. 하루는 정도가 지나쳐 수업용 컴퓨터로 카트라이더를 하다가 모니터 화면이 불편해서(라떼는 모니터가 테이블 속에 있었다.) 수업용 TV까지 켜서 카트라이더를 하다 선생님께 걸렸다. 그때 카트라이더 멤버들 모두 교무실에 불러가 계정 삭제 각서를 쓰고 나서야 대학 입시 준비를 할 수 있었다.

　　대학교 입학 후 친구를 못 사귀고 방황했던 나는 우연히 시작한 총게임으로 많은 친구들을 사귈 수 있었다. 물론 친구들과 게임 말고 현실에서 싸우는데도 게임은 많은 기여를 했는데, 비껴 쏜 총알만큼 욕을 하기도, 먹기도 했다. 게임 길드에 가입해서 얼굴도 모르는 사람들을 만나 삼겹살 회식을 하고 다같이 피시방을 갔을 때는 시골에서는 경험하지 못한 신선한 문화 생활을 한다는 설렘이 있었다. 과선배들과 함께 단과 게임대회에 나가기 위해 만사를 제쳐 두고 연습에 매진했을 때는 태릉 선수촌이 이런 분위기일까 상상하기도 했다.

　　2008년에 PC방은 대부흥의 시기였기에 가격 경쟁에 따라 1시간에 500원 하는 곳도 있었다. 수업을 대충 마치면 PC방에 우르르 몰려가 게임도 하고, 식사도 했다. 그 빈도가 점점 늘면서 수업을 제끼고 PC방으로 가거나, PC방에서 밤을 꼬박 새고 나와 저녁까지 늘어지게 잤다. 그리고 다시 PC방에 가서 짜파게티 한 그릇 먹고 게임을 했다. 가성비 최고의 취미를 얻고 학점과 생활을 잃었다.

　　운이 좋게 졸업 후 바로 취업을 하고 의젓한

사회인이 되겠다고 다짐했을 때 입사한지 세 달도 되지 않아 직장 상사와 PC방에서 디아블로3를 했다. 새로 배운 업무는 모두 숙지하지 못했지만 빠르게 습득한 디아블로3로 상사의 캐릭터를 키웠을 때 나는 게임천재라는 소리까지 들었다. 게임을 잘해서 상사에게 칭찬을 받을 수 있다니 20대를 허투루 보낸 것은 아니라는 자신감이 생겼다.

작고 소중한 월급을 저축해서 최고 사양의 컴퓨터를 맞춘 후 나는 의젓한 게임폐인이 되었다. 직장에서 받은 스트레스를 모두 게임으로 날려보냈다. 그때 여동생들과 함께 손대지 말아야할 RPG 게임에 빠진 후 게임, 술, 밤샘이라는 완벽한 삼박자를 만들었고 나는 돌이킬 수 없는 중독의 길로 자진해서 걸어 들어갔다.

어릴 적 오락실에서 100원짜리 동전을 넣고 조이스틱을 움직일 때의 짜릿함과 게임이 끝났을 때의 아쉬움은 사라졌다. 내가 산 컴퓨터로 매일 하는 게임이 늘 짜릿하지는 않았지만 밤 늦게까지 게임을 할 수 있었고 새벽 1시가 넘어가면 본체를 끄고 조용해진 방에서 잘 준비를 했다. 불 꺼진 방에서 게임 영상을 돌려보며 내일 회사를 가야하는 것이 괴로웠다. 그렇게 새벽 2~3시에 겨우 잠이 들어 다음날 출근을 하면 다시 모니터 앞에서 빨개진 눈을 비비며 일을 했다.

게임폐인으로 살면서 이보다 더 폐인이 될 수는 없다고 자신했지만 운명같이 나는 이 게임을 만나게 되었다. 리그 오브 레전드. 나는 이 게임을 만나고 폐인을 넘어 장인의 길로 가고 싶었다. 라떼는 게임이 백해무익한 담배와 같은 취급을 받았지만 슬슬 게임이 하나의 문화 콘텐츠, 스포츠로 자리잡기 시작했을 때였다. 게임만 하는 사람을 폐인으로 볼 것이 아니라 운동을 열심히 하는 스포츠인으로 봐야 한다는 밑도 끝도 없는 자기합리화에 빠졌다.

롤을 시작하고 나서 제일 처음 당황한 것은 '욕'이었다. 게임을 하면서 욕을 참 많이 하기도 했고, 먹기도 먹었지만 이렇게 도를 지나친 욕을 먹은 것은 처음이었다. 심장이 벌렁거렸고, 눈물이 핑 돌기도 했다. 우리 엄마 안부는 왜 이렇게 묻는 건지. 이 게임은 게임의 실력보다 개인의 멘탈에 승패가 갈린다. 생판 얼굴도 모르는 5명이 한 팀이 되어서 게임을 해야 하는데 그 중 한명이라도 게임을 방해한다면 이기기가 많이 힘들어진다. 얼굴도 모르는 타인에게 엄마의 안부를 듣고, 채팅창에 똑같은 안부인사를 건네기에는 나름 교양인이라고 생각했기에 조용히 차단을 누르고 속으로 중얼거렸다. 속으로 중얼거리던 것이 입밖으로 나오고, 그게 버릇이 되어 온갖 쌍시옷을 달고 사는 몰상식한 사람이 되어버렸다.

이 게임을 배우고 나서 욕 말고 또 얻은 것이 있다면 짜증이다. 내가 노력한 만큼 내 캐릭터가 크는 것이 아니어서 아무리 곱절의 노력을 해도 내가 만족할 수준의 실력이 나오지 않으니 짜증이 나기 시작했다. 보통의 RPG 게임은 내가 오늘 레벨 35를 찍었다면 내일 35부터 더 높은 레벨을 향해 달려가는데, 이 게임은 매 시즌마다 등급을 정하는 시험을 치렀다. 내 이번 시험 등급이 실버로 정해지고 골드를 향해 달려가도 내 실력이 향상되지 않는 이상 골드의 문턱을 넘을 수 없었다. 근데 골드를 가지 못하는 내가 용납이 안됐다. 게임 인생 15년 동안 내가 갈고 닦은 게임 능력치가 있을 텐데, 이렇게 지독하게 나에게 독배를 주는 게임이 있었을까? 오기는 짜증으로 바뀌고 인생의 중요한 것들을 놓친 채 게임을 파기 시작했다. 같이 게임을 하는 사람들에게 쉽게 짜증을 냈고 도대체 게임 공부(?)를 왜 안 하는지 따졌다. 더 이상 게임은 나에게 오락이 아니었다.

　　게임을 하는 친구들과 연패를 하고 시큰둥한 표정으로 집에 가서 게임을 복기했다. 나는 도대체 왜 실력이 늘지 않는지, 내 손가락은 왜 말을 안 듣는건지 밑도 끝도 없이 자책을 했다. 롤 관련 유튜브 동영상을 보면서 부러워하고, 배운 것을 따라해보겠다고 다시 게임을 했다. 그렇게 다시 새벽 늦게 자고 출근을 하니 일도 사람도 반갑지가 않았다. 머리 속에 게임이 둥둥 떠다니고 빨리 퇴근해서 게임을 하고 싶었다. 어제는 연패를 했으니까 오늘은 연승을 하지 않을까 하는 망상에 빠져 퇴근만 기다렸다. 그렇게 만성피로는 만렙피로가 되어 있었다.

　　게임 장인을 바라던 게임 폐인은 게임을 멈췄다. 같이 게임을 하던 사람 중 한 명이 '아 진짜 미안해 소리 좀 그만해'하고 짜증을 냈다. 무슨 말이지? 내가 언제 미안하다고 한거지? 나도 모르는 사이에 게임을 할 때 실수 하나하나에 미안해라고 사과를 하고 있었다. 웃음기 없이 주눅이 잔뜩 든 목소리로 미안해라고 말하는 것을 정확히 인지

하고 나서야 내가 지금 게임을 하는 것이 아니구나 생각했다. 욕과 짜증이 듣기 싫어 잔뜩 곤두선 상태로, 내가 하는 실수로 우리 팀이 지게 될까 봐 초조한 상태로, 미안해 미안해 미안해 되뇌이고 있었다. 게임과 헤어질 때가 된 것이다.

롤을 끊은 지는 3년이 넘어간다. 나는 아직도 게임을 끊는 게임을 하는 중인데, 착한 남동생이 닌텐도를 사줬다. (사실 뭐 갖고 싶은지 묻길래 닌텐도라고 했다. 참 나도 나다.) 큰 TV에 연결된 게임 화면을 보니 심장이 두근거렸다. 다시 예전으로 돌아가고 싶지 않아 몇 가지 규칙을 정했다.

1. 오늘 꼭 해야 하는 나의 몫의 일거리를 모두 끝낸 후에 한다.
2. 승패가 없거나 승리의 큰 의미가 없는 게임을 한다.
3. 게임을 하다가 조금이라도 지루하거나 웃음이 나지 않으면 바로 멈춘다.

이렇게 정하고 잘 지키고 있다. 잘 지키면서도 궁금하다. 나는 게임을 끊는 게임에서 진 것일까? 아니면 이기는 중일까?

촌티 탈출기

내가 자란 시골에서 옷을 사려면 읍내에 있는 작은 옷가게를 가거나 장날에 오는 좌판에서 옷을 고르는 일이 전부였다. 취향을 고려해서 옷을 산다는 것은 가능해도, 한정된 옷들 속에 우리 동네 어머니들의 취향은 늘 거기서 거기였다. 단체복을 맞춘 듯 '키티 같이 생긴 키티'가 그려진 티를 모두 입고 온 날에는 어딘지 모르게 다들 조금 부끄러워했다.

　　키가 좀 더 자랐을 때 내 또래들이 자주 입던 리바이스, 디키즈, MARU, NII, 뱅뱅, 퓨마 등의 다양한 브랜드를 입으려면 용돈을 모아 가까운 도시 춘천에 가거나 인터넷 액티브 엑스와 힘겹게 싸워 주문을 하고 은행에 가서 반드시 무통장 입금을 해야 했다. 우여곡절을 겪어야 멋쟁이가 될 수 있었다.

　　속초에 사는 고모가 갖고 싶은 것이 있냐고 물어봤을 때 고등학교 1학년인 나는 '아디다스 져지!!!!'라고 소리쳤다. 그 당시에 아디다스 져지는 친구들 사이에서 한방이 있는 옷이었고 그 옷만 입을 수 있다면 멋쟁이가 될 것만 같았다. 10만원이나 되는 비싼 트레이닝 자켓을 사달라고 엄마에게 떼를 쓰기에는 우리 엄마가 거둬야 할 식솔이 많았다. 그렇게 고모가 사온 아디다스 져지는 검정, 빨강, 파랑도 아닌 민트색이었다. 뭔가 특별한 색이었지만 어딘지 모르게 친구들이 입는 색깔이 아닌 어정쩡한 색깔의 그것을 들고 어정쩡한 자세로 이 색이 아니라고 떼를 썼다. 당시에는 내 태도의 잘못을 몰랐지만 시간이 지나니 노스페이스 패딩 붐이 일어났을 때 부모들의 허리가 휜다는 뉴스를 읽고 어딘지 모르게 무릎을 꿇고 반성하게 되었다.

가족의 품을 떠나 대학교를 입학했을 때 내가 가장 당황했던 것은 나의 '촌티'였다. 어디서부터 바꿔야 좋을지를 전혀 알지 못했다. 패션 센스라는 것은 교과 과정에 없었다. 어떤 청바지가 나와 잘 어울리는지, 애매한 봄과 여름 사이에는 어떤 옷을 입어야 하는지, 수제화는 정말 발이 안 아픈지, 미팅에는 무엇을 입어야 하고, 피해야 할 옷은 무엇인지 같은 것들은 대학 OT에 좀 알려줘야 한다. 대학교 인근에서 2.8만원을 주고 열심히 볶은 보글보글한 파마 머리를 늘어뜨리고 와인색 스키니진, 두꺼운 회색 가디건을 입고 학교에 들어섰을 때 내 친구는 말했다. '안 덥니? 4월이다. 4월.'

그때 부끄러워 발 끝을 보니 다 떨어진 운동화가 눈에 들어왔다.

'촌티'를 벗는다는 것은 여간해서는 쉽게 해결되지 않는 일이었다. 흰 티에 청바지만 입어도 도시 사람처럼 보이는 이가 있고, 모든 유행하는 아이템을 얹어도 촌에서 온 사람처럼 보이는 이가 있다. 서울에 있는 친구를 만나러 갖고 있는 모든 옷 중 제일 비싼 코트를 입고 서울에 갔다. 친구는 광장시장 구제 가게들이 즐비한 곳에 날 데리고 갔는데, 가지 말아야 했다. 별천지가 따로 없었다. 신혼여행을 다녀온 삼촌이 양손 가득 들고 온 쿠키 선물세트처럼 진열대에 빼곡하게 채워져 있는 옷들은 하나하나 때 탔고 멋스러웠다. 친구는 속삭였다. '눈탱이 맞기 쉬우니까 최대한 깎아야 해.'

그날 나의 아이가 된 게스 청자켓은 눈이 오나, 비가 오나 내가 늘 애용하는 자켓이 되었다. 동글동글한 내 몸에 착하고 감기더니 '저는 네 거입니다. 이 곳에서 너를 5년 기다렸어요.'하며 달라붙었다. 세상 어디에서도 구할 수 없는 빈티지. 수많은 사람의 몸과 손을 지쳐 운명처럼 나를 만나 나에게 찰떡처럼 달라붙는 아이템. 나는 진심으로 자만추(자연스러운 만남 추구)를 좋아하지만, 구제 시장을 돌고 돌아 수 백 개의 옷들과 소개팅을 했다. 어머, 집이 없구나. 우리 집으로 가자 하며 손을 잡고 나의 운명 같은 옷들을 데리고 왔다.

화려한 꽃무늬, 기이한 패턴, 유니크한 디자인 같은 것들을 좋아하는데, 멀리서 보면 촌스러워 보여도 내가 입고 거울 앞에 서면 어딘지 모르게 자연스러워 보였다. 촌스러운 나를 촌스러운 것이 덮어주는 걸까? 아니면 나는 어딘지 모르게 촌스럽지만 기이하고 꽃 같은 사람일지도. 내 개성이 돋보이는 옷을 입으니 자신감이 솟구쳤다. 유행 아이템은 결국 유행일 뿐 내가 될 수 없다. 그렇게 몇 번의 광장시장과 동묘와 성수동, 홍대를 탐험하자 세상 어디에도 없는 나만의 취향과 컬렉션이 생겼다. 걸어 다니는 샤넬처럼 걸어 다니는 장민지 같은 것.

나만의 취향을 만드니 20대 초 나를 지독하게 쫓아다니던 촌티를 벗어난 느낌이었다. 마음이 가벼웠다. 이 시기를 훌쩍 넘고 나서야 알게 된 진실은 아무도 타인의 모습(차림)에 그렇게 관심이 없다는 것이다. 아무도 신경 쓰지 않는 나에게 스스로 '촌티'라는 낙인을 새겼었다. 사계절 내내 변화하는 패션 유행을 따라잡겠다고 애쓰고, 자신감이 뚝 떨어져 어깨를 반 접고 다닌 어린 날의 내가 안쓰럽다.

　　내 취향을 만드는 일은 재미있다. 나를 잘 들여다보고, 내가 좋아하는 색깔과 패턴, 디자인, 질감들을 자주 만나고, 만져보면서 좋아하는 목록을 만들어가는 일. 그래서 내가 어떤 사람인지를 구체적으로 보여줄 수 있는 일. (그게 가끔 타인에게 심미적으로 난해해 보이지만 충분히 감내할 만하다. 어차피 그는 내가 뭘 입었는지 잊어 먹는다.) 흰 양말만 신었다면 빨간 양말에 도전해보고, 고무줄 바지만 입었다면 가죽 바지도 좀 입어볼 것을 권한다. 그렇게 내가 나를 빚어가는 과정에서 나만의 것이 만들어진다. 아무도 흉내 낼 수 없는 고유한 것이 생기면 명품 하나 안 걸쳐도 빛이 난다.

시발비용과 재테크

시험 공부 못했다고 우는 소리 내는 친구들은 늘 시험을 잘 본다. 인생 불변의 진리다. 왜 그들은 곧 죽을 것 같은 징징거림과 함께 아쉽게 하나를 틀렸다고 눈물을 흘릴까? 나는 시험 공부를 못했다고 웃으면서 말하고 정말 시험을 못 봤다. 학교를 벗어나면 이 진리가 돈으로 바뀐다. 돈 없다고 우는 소리 내는 사람들 중에 돈 없는 애 없다. 내가 돈이 없어 봐서 잘 안다. 통장에 돈이 0원이면 오히려 호탕한 소리가 난다. 나 정말 돈이 없어 크크크.

세 걸음 거리면 택시를 탔고, 삼시세끼를 배달음식으로 때웠다. PC방에서 게임을 하며 밤 새는 일도 많았다. 이미 집에는 PC방 사양에 컴퓨터가 있었다. 마트에 들어가면 양손 가득 무겁게 나와야 했고. 4캔을 사야 할인 받는 맥주는 꼭 4캔을 담아야 직성이 풀렸다. 이렇게 쓰는 돈이 다 '시발비용'이다. 계속 시발비용이라고 쓰기에는 우리 모두의 정서에 좋지 않을 것 같아 스트레스로 인한 과소비 정도로 풀어 써보겠다.

원치 않는 야근을 하고 퇴근을 했다. 그때 회사와 집은 걸어서 20분 정도 거리였지만 짜증이 얼굴에 덕지덕지 붙은 체로 택시를 타고 집에 간다. 회사에서 저녁으로 김밥을 먹었지만 왠지 헛헛한 마음에 보쌈을 하나 시킨다. 걸어서 5분이면 편의점이 나오지만 고생한 나는 오늘 더 이상 걸을 수 없다. (TMI: 나는 사무직이다.) 병당 3~4천원하는 소주도 척척 배달시킨다. 야무지게 다 먹을 수 있을 거라고 생각했지만, 몇 점 먹고 나니 더 안 들어간다. 취기와 피곤이 몰려오면 대충 샤워를 하고 잔다. 내일도 늦게 일어나고 나는 또 택시를 부른다. 야근수당만큼 소비했으니 조금은 위안이 되는 것 같다. 이런 상황은 사회초년생일 무렵 일상이었다.

과소비를 하면 상쾌하지는 않지만 그래도 약간의 자기 만족 같은 것을 느꼈다. 20대 초중반 개미 오줌만큼 벌고, 개처럼 쓰면서 꽤 괜찮은 인생이라고 자부했다.

나는 스스로 풍류를 즐기는 낭만파라고 여겼기에 자본주의 사회에서 돈이 갖고 있는 부정적인 면에는 백마디도 더 거들 수 있었지만, 정작 내 몸이 아플 때 돈이 필요하다는 것을, 내가 더 나은 삶을 꾸리기 위해서 목돈이 있어야 한다는 것을 외

면했다. 이 태도가 나에게 더 큰 스트레스로 돌아올 것이라고 생각하지도 못했다.

치과 진료비로 50만원이 나오고 통장에 돈이 하나도 없어 찌질한 목소리로 엄마한테 빌려 달라고 부탁하고 나서야 정신이 (아주)조금 들었다. 직장인인 내가 당장 아파서 쓸 수 있는 현금 50만원이 없다는 것이 믿기지 않았다. 후덥지근한 자취방에 에어컨이 없어 꽝꽝 얼린 페트병을 끌어안고 자면서 이상한 자괴감을 느꼈다. 한겨울에는 오죽했을까? 전기장판 하나에 겨울을 의지하고, 더 추우면 소주를 마셨다.

주변 사람들과 월세가 만만치 않다는 이야기를 하다가 다들 전세에 산다는 이야기를 듣고 머리 속에 큰 바위가 떨어지는 느낌을 받았다. 부모님이 지원을 해줘서, 열심히 모은 목돈으로, 대출을 조금 받아서 등 다양한 이야기들을 듣고 난 후 나는 쇼크상태가 되었다. 뭐야? 다들 돈 없다고 했잖아요.

타인의 삶과 내 삶이 똑같을 수 없고, 타인의 재산이 많다고 내가 배 아플 필요가 없다. 이건 결이 좀 달랐다. 나는 나의 안전과 평화를 위한 돈이 절대적으로 부족했다. 당장 아파도, 무더위와 한파가 찾아와도 내가 할 수 있는 것은 아무것도 없었다.

그때부터 닥치는 대로 재테크 관련 책을 읽고 가계부를 쓰고 돈을 모았다. 매일 밤 늦게까지 돈 공부를 하다 오랜만에 나간 술자리에서 코피를 쏟았을 때 희열과 동시에 든든한 뒷배가 생긴 느낌을 받았다. 반대로 말하자면 페트병 얼리는 것을 깜빡했을 때의 공포감, 세탁기가 얼어 빨래를 할 수 없을 때의 긴장감, 돈이 없다고 호탕하게 말할 때의 자조를 더 이상 신경 쓰지 않아도 되는 요즘이 되었다.

로또 1등에 당첨되어도 다니던 직장을 계속 다니겠다는 사람이 생각보다 꽤 많다. 행복을 돈으로 살 순 없지만, 돈이 스트레스로부터 나를 지켜주는 방어막이 되는 것을 인정하지 않을 수 없는 대목이다. 그래서 지금은 시발비용을 아예 안 쓰냐고 묻는다면 쉿! 나는 아직 로또에 당첨되진 않았다.

열 개의 몸

야간 자율 학습시간, 애정하는 노래를 잔뜩 담은 MP3를 꺼내서 이어폰을 귀에 꽂는다. 영단어 책을 펴놓고 몇 단어 외우다 팝송을 흥얼거린다. 팝송을 흥얼거리다 친구들에게 장난으로 행운의 편지를 돌리고 다시 영단어를 외운다. 그리고 다시 팝송에 맞춰서 고개를 끄덕이며, 내적으로 춤을 추다가 참고서를 바꾸고 문제를 푼다. 문제를 푸는 건지, 노래를 듣는 건지, 편지의 답장을 기다리는 건지 알 수 없는 상태가 되었을 때 당장 내일 제출해야 할 숙제가 있다는 것을 알고 집중해서 숙제를 해보려 하지만 쉽지 않다.

성인이 되어도 별반 다르지 않았다. 호떡을 굽는 중에 세탁이 완료되어 세탁기에 있는 빨래들을 건져 놓고 다시 돌아와 호떡을 뒤집었다. 다시 빨래들을 탈탈 털어 널고 있으면 마음은 호떡에 가 있고 손은 열심히 빨래를 널고 있었다. 그러다 뒤집어진 옷이라도 나오면 빨래도 제대로 못 널고, 호떡을 뒤집어야 할 타이밍도 놓쳐 이미 다 타버리고 말았다.

빨래랑 호떡만 문제일까? 살면서 해야 하는 일, 하고 싶은 일은 어찌나 많은지 대학생활 중에는 학업에 집중해야 하고 아르바이트도 해야 하는데, 배낭 여행도 가고 싶고 연애도 하고 싶다. 그럼 직장 생활을 하면 좀 달라질까 싶지만 일도 해야 하고, 건강을 챙기려면 운동도 해야하고, 저축도 좀 해야 하는데, 취미 생활도 하고 싶고, 여행도 가고 싶다. 그래도 해야 하는 일과 하고 싶은 일을 호떡 뒤집듯이 대충 하긴 했던 것 같지만 나름 성실했던 것도 같은데, 세상에서 제일 바쁘고, 성실하게 사는 한국인 중에서는 내가 제일 망한 것 같았다.

몸이 열 개였으면 좋겠다고 생각할 만큼 바쁘고 정신이 없는 때가 있다. 그렇다고 몸이 열 개가 되면 내 앞에 놓인 일들을 차곡차곡 해낼까 싶다. 열명이 된 내가 부산스럽게 휘젓고 다니는 모습만 선명하게 보인다. 그렇다고 모든 일들을 다 내려놓고 단 하나만 집중한다는 것은 어딘지 모르게 불안하다. 식단 관리만 열심히 하고, 운동을 하나도 못 해서 살이 안 빠질 것 같은 웃픈 불안감 같은 것이다. 전날 야식을 잔뜩 먹었던 것은 그대로 잊고 말이다.

그런데 몸이 열 개가 맞는 것 같은 사람들이

있다. 자녀를 육아하며 열심히 일하는 워킹맘, 매일 아르바이트까지 하는데도 수석을 놓치지 않는 과탑. 본업과 함께 투잡, 쓰리잡을 하는 회사원들까지. 세상에서 나만 머글인 것 같은 기분이 든다.

이도저도 아닌 상태. 빨래를 넌 것도 아니고 호떡을 구운 것도 아닌 상태. All A+를 받은 것도 아니고, 그렇다고 최선을 다해 노는 것도 아닌 상태. 직장 생활을 열심히 하는 것도 아니고, 퇴근 후 누워서 유튜브 쇼츠를 보는 게 유일한 낙인 상태. 내 인생의 초점이 어느 곳에도 맞지 않는 상태. 나는 자꾸 이런 상태에 빠지고, 아무것도 아닌 상태에서 절망했다.

돈도 벌어야 하고, 글도 쓰고 싶은 상태에서 주저했고, 목돈을 모아야 하고 여행도 다니고 싶은 상태에서 갈등했다. 그런 혼란스러운 시기를 지날 때 나는 글을 쓰다 멈추고, 일을 하다 관두고, 목돈을 모으다 실패하고, 여행도 가지 못했다. '이도저도' 아닌 상태를 벗어날 수 있는 유일한 방법은 일단 '이도'를 다 끝내고, '저도'로 넘어가야 한다는 거다. 그것을 나는 어느 정도의 목돈을 모은 후에야 깨달았다. 건강, 여행, 취업, 결혼, 합격 등 저마다의 방법이 다르겠지만 나에게 '저도'로 넘어갈 수 있는 방법은 '목돈'이었다.

　　인생은 해야할 일도, 하고 싶은 일도 차고 넘치게 많다. 그리고 그 모든 일을 동시에 할 수 없다. 적당히 손에서 놓아주고 단 한가지에 집중해야 한다. 주어진 시간에 할 수 있는 일 단 하나에 내 몸 하나를 쏟아야 한다. 왼손으로 머리를 감으면서 동시에 오른손으로 양치를 할 수는 없다. 설령 그렇게 해서 씻는다 하더라도 양치를 꼼꼼히 하고 난 뒤 머리를 구석구석 감는 것 보다 깨끗할까?

　　그래서 책을 쓰고자 마음먹었을 때는 책만 썼다. 내가 글을 쓴다고 약속한 밤 9시~11시에는 오로지 글만 썼다. 쥐어짜도 안 써지는 날에도 엉덩이를 붙이고 앉아 있었다. 내 몸과 정신은 열 개가 아니라 하나니까 온전히 그 시간들을 버텼다. 그렇게 버틴 시간만큼 원고가 나왔다. 원고들이 모여서 책이 되고, 한 권의 책을 낼 만큼의 분량을 만들고 나서는 다음 단계로 넘어갈 수 있는 상태가 된 것이다.

　　한시간을, 하루를, 한달을 오로지 하나에 집중하면 몸에 밴다. 어려운 구구단도, 위험한 두발

자전거도 이제는 두렵지 않은 건 온전히 집중하며 쏟은 시간이 있기 때문이지 않을까? 첫 배드민턴 운동을 하던 날, 5분도 채 안 되어서 바닥에 무릎을 꿇고 기침을 했다. 턱 끝까지 찬 숨은 돌아올 기미가 없었다. 그렇게 몇 개월을 꾸준히 배드민턴에 집중했을 때 2시간을 넘게 셔틀콕을 주고받아도 쌩쌩했다. 휘적휘적 라켓을 휘두르기만 했다면 가능하지 않았겠지만, 라켓을 잡고 코트 위에 들어갔을 때는 국가대표라도 된 듯이 열심히 쳤다.

열 개의 몸이 된 것 같은 슈퍼 히어로가 되고 싶은 마음은 없다. 하지만 지금 한 시간을 값지게 보내고, 매일이 보람으로 쌓이는 것. 오늘의 할일을 내일로 미루지 않고, 지금 당장 하고 싶은 일을 집중해서 해내는 것. 대충 맺어지는 흐지부지한 하루 보다 성실히 매듭 짓는 하루를 만드는 것. 그런 순간들을 소중히 여기는 마음. 그런 마음을 갖고 싶다.

킬링 타임, 킬링 미

SNS를 접게 된 것은 직장 동료 중 한 명 덕이었다. 지인들과 저녁을 먹고 SNS에 관련 사진을 올렸다. 다음 날 점심식사 시간에 직원들과 어제는 뭐했는지 스몰 토크를 하고 있던 중 '아 저는 어제 대학 후배들이랑 저녁을 먹었어요.'라고 말하려는 찰나 회사 동료 한 명이 내 말을 짜르고 '얘는 어제 대학 후배들이랑 저녁 먹었어. 맞지?'하는 것이다. 틀린 말은 아니니까 '네. 맞아요.'하고 짧게 대답하고 넘어갔다. 그 회사 동료는 집요하게도 나에게 오는 모든 질문을 다 자기가 대답했다. 최근에 본 영화 중에 재밌는 것은 무엇이었는지, 속초로 여행을 갈 것인데 어디가 재밌는지, 애막골에 새로 생긴 술집은 어디가 좋은지 등 다양한 질문들을 '민지가 SNS에 올린 뭐가 좋더라.'라며 내 대답을 잘랐다. 이 상황을 몇차례 겪고 나서 더는 피드를 업데이트하지 않았다.

그러다 타인이 내 말을 자른다는 이유로 SNS를 그만두기에는 뭔가 재미를 놓치는 것 같아 그 동료가 하지 않는 SNS로 넘어가서 다시 활발하게 사진을 올렸다. 그게 '인스타그램'이었다.

내 피드는 하루의 일기 같은 것이어서 대충

찍은 사진과 설명, 감상 등을 소소하게 적는 것이 대부분이었다. 하지만 언제부터 '인스타 갬성'이 생기기 시작하더니 인스타그램에, 인스타그램에 대한, 인스타그램을 위한 여행, 맛집, 카페 등을 신경쓰기 시작했다. 대충 트레이닝복을 입고 동네 카페에서 아이스 아메리카노 한 잔에 책을 읽는 것이 즐거움이고, 어르신들 가득한 막국수집에서 막국수 한 그릇 뚝딱 하는 것이 행복이었는데 별 관심도 없던 '아인슈페너'를 마시러 가고, '곱도리탕'이나 '마카롱' 사진을 수없이 찍고 나서야 한 입 먹을 수 있었다.

　　이 이상한 '인스타 갬성'의 절정을 경험한 것이 서울에서 열리는 공연과 피크닉이 결합된 행사였는데, 같이 가기로 한 친구들이 옷의 컬러를 통일해야 단체 사진이 이쁘다는 둥 꽃장식이 달린 머리띠를 하자는 둥 출발 전부터 삐걱거리기 시작했었다. 나는 카더가든이랑 자이언티 공연을 보고 싶어서 그 곳에 가고자 했다. 그래도 친구들이 원하는 일이기에 긴 상의 끝에 노란색 상의와 청바지로 의견을 맞추고 우리는 서울로 갔다. 벚꽃 장식으로 가득한 행사장에서 나는 그날 1000장이 넘는 사진을 찍었고, 찍혔다. (나는 아직도 내가 그 곳에서 어떤 경험을 했는지 기억이 안 난다.) 더 웃긴 것은 1000장의 사진들을 추리고 추려서 좋아요를 많이 받을 것 같은 사진들을 SNS에 업데이트 했다는 것이다. 내가 배추라면 '인스타 갬성'에 거의 다 절여진 상태인 것 같았다.

모르는 사람이 명품백을 들고 찍은 사진 한 장에 시선이 사로잡혀 부러워했다. 건너 아는 사람의 팔로우수가 몇 만이라는 소리를 듣고 비결이 궁금해지고, 그 몇 만명을 가진 기분은 어떤 기분일지 궁금했다. 끄고 나면 기억도 나지 않는 신상 카페나 오마카세 식당 방문기를 보고 막연하게 나도 가고 싶다 같은 의미 없는 갈망만 하다 보면 시간은 훌쩍 자정이 넘어 있었다. 나의 하루는 내 이야기가 아닌 무성의한 갈망만이 가득했다.

'나의 개성'에는 남다른 애정 같은 것이 있다. '나 답게 사는 것'은 나에게 굉장히 중요한 삶의 태도이기도 한데, 그 태도가 인스타그램을 하면서 함몰되고 있었다. 나는 바다에 들어가 잠수하는 것을 좋아했는데 어느 순간부터 바다를 배경으로 인생샷을 올려야 하는 내가 더 중요해진 것이다.

인스타그램을 하면서 나는 시간을 죽였고, 나를 죽였다.

그래서 SNS를 그만 접었다. 소셜 네트워크 서비스는 현대 사회에 가장 중요한 사회 활동처럼 보였지만 사회생활에 어떠한 지장도 없었다. 멍한 상태로 수많은 사진과 영상을 보지 않으니 내가 지금 알아야하는 정보를 더 오래, 제대로 찾아볼 수 있었다. '인스타 갬성'이 있는 사진을 찍으려고 부단히 노력해도 되지 않으니 수고로움도 덜었다. 타인의 시선에 연연하지 않아도 된다는 것은 큰 축복이다. '좋아요', '팔로잉'수는 마치 나에 대한 세상의 애정도 같은 것이라고 생각했는데 묘하게 신경 쓰였던 숫자로부터 자유로워졌다. SNS를 버리니 하루에 할 수 있는 일이 더 많아졌다. 아이폰이 체크해주는 SNS 어플 사용시간을 보니 족히 2~3시간이었다. SNS를 하지 않는 것만으로 3시간을 벌수 있다니 그동안 뭔 짓거리를 한건지 억울하기까지 했다.

무엇보다 다시 '나'를 찾을 수 있었다. 내 취향과 기질, 시선, 감정과 다시 친해졌다. 이게 내가 얻은 가장 큰 수확이었다.

반려견과 산책을 나가도 반려견을 붙잡고 억지로 사진 찍지 않는다. 반려견은 세상의 모든 냄새에 집중하고, 나는 경이로운 계절의 변화를 느낀다. 꽃무늬 잠옷을 입고 쇼파에 뻗어서 책을 읽고 책에서 얻은 생각을 메모에 기록한다. 있어 보이는 책 보다 내 취향에 맞는 책을 찾아 읽는다. 슬리퍼를 질질 끌고 풍물시장에 가서 어딘가 하나 빠진 맛이 나는 선지해장국을 먹는다. 콩알만한 다육이가 엄지 손톱만해지면 호들갑을 떤다.

　　그래서 휴대폰 앨범에 잠자는 개 사진, 책 페이지들, 선지해장국, 꽈배기, 다육이, 소주잔, 해지는 저녁 하늘 같은 사진들이 가득하다. 이제야 참 나답다.

작은 한 틈으로 좋아하는 것들을 채워줬다면
오늘 하루도 반짝 빛나는 보석 같은 날이겠지.

2부

사랑하는 나에게

혼자 떠나면 알게 되는 것들

마음이 좁아질 때가 있다. 정확하게 얘기하자면 마음의 문이 좁아져서 내 마음을 꺼내기도, 다른 사람의 마음을 받기도 힘들어지는 시기가 온다. 나는 가끔 타인이 버거워진다. 부대끼는 감정들 사이에서 '쟤 일부러 저러나?' 싶을 정도로 예민함이 올라오면 하던 일을 멈추고 여행을 가야한다. 좋은 사람들과 다같이 떠나는 여행도 물론 즐겁지만, 삐뚤어진 나를 내가 챙겨서 떠나는 혼자만의 여행은 좁아진 마음의 문을 여는데 많은 도움을 준다.

회사에서 긴 휴가를 받고 몇 개의 연차를 더 사용해서 10일 정도의 휴가를 만들었을 때 나는 태어나 처음으로 혼자 여행을 가겠다고 정했다. 주변에서 혼자가면 무슨 재미냐, 무서운 일 당한다, 10일은 길다 같은 저마다의 오지랖을 남기고 나는 떠났다.

처음으로 혼자 여행을 가면 무섭다. 나는 그때 부산을 혼자 갔었는데, 무거운 캐리어를 질질 끌고 모르는 동네에서 숙소까지 걸어가는 길에도 이 골목 끝에서 안 좋은 일이 생기면 어떡하지? 내가 묵을 숙소에 나쁜 사람이 있으면 어떡하지? 하는 하등 쓸모 없는 망상에 시달렸다. 어둑한 밤 혼자 꼼장어와 소주 한 잔을 마시고 아무도 없는 어시장에서 길을 잃고 헤맸을 때는 눈물이 찔끔 날 뻔도 했다.

무서운 것도 잠시 신나는 일의 연속이었다. 숙소에 도착하니 게스트하우스가 수리 중이라 호텔 룸으로 업그레이드를 해 준다고 했을 때부터 이번 여행이 잘 풀릴 것 같다는 예감이 들었다. 국밥집에 들어가 먹방 유튜버처럼 그릇을 비워내고 있을 때 혼자 온 내가 신경 쓰였던 여사장님은 국밥이랑 같이 먹으라며 수육 한 접시를 내어 주시기도 했다. 오륙도에 도착했을 때는 비바람이 몰아쳤는데 내 우산이 뒤집어지면서 내가 비를 쫄딱 맞게 되었을 때 까르르 웃는 나를 보며 같이 쓰자고 이모 관광객들이 달려들었다. 삶의 짐들을 내려놓고 돌아다니니 수많은 호의를 만나고, 좁았던 마음의 문이 조금씩 열리는 느낌을 받았다.

부산 원심지에는 포장마차 거리가 있는데, 수십개의 포장마차들을 지나가면서 스캔을 하고 가장 인심 좋아 보이는 이모가 한가하게 있는 포장마차에 쭈뼛쭈뼛 혼자 왔어요 하며 앉으니 저렴한

가격에 이모카세를 제대로 즐길 수 있었다.

사장님이 안주를 계속 내어주는 포장마차에 앉아서 술을 마시고 있는데 단골로 보이는 사투리 걸쭉한 아저씨가 와서 LA갈비를 시키셨다. 나를 한 번 스캔하더니 LA갈비를 좀 먹겠냐고 해서 그러면 제가 시킨 해삼도 좀 드시라고 했다. 일면식도 없는 호탕한 아저씨는 술잔을 비우면서 당구장 내기에서 진 이야기, 요즘 벌이가 없어 마누라한테 혼났다는 이야기, 자식이 서울에서 신입사원이 되었다는 이야기들을 술술 해 주신다.

그럼 나도 기다렸다는 듯이 다시 만나지도 못할 이모와 아저씨에게 엄마와 싸운 일, 돈 벌기 힘들다는 군소리, 이렇게 일만 하다 죽으면 어떡하냐는 푸념들을 늘어놓으면 세상 따뜻하게 위로해 주시다가 불같이 혼을 내시다가 잘 살고 있다고 격려해 주신다. 그럼 그게 또 사람 냄새나는 안주가 돼서 술잔을 주거니 받거니 하다 보면 한밤이고 자리를 털고 일어나야 한다.

택시를 타고 숙소에 도착해 고꾸라져 잠을 자면 다음날 카메라에는 포장마차에서 찍은 사장님과 호탕한 아저씨와 도무지 기억 안나는 청춘들과 찍은 수십장의 사진이 남겨 있다. 그럼 가끔 다른 포장마차에 가면 또 모르는 사람들에게 부산에 가서 만난 호탕한 아저씨 얘기를 해주고 술을 마신다. (이름도 모르는 그 아저씨가 늘 건강하기를 빈다. 취기에 계산을 다 했다고 착각했지만 다음날이 되어서야 그 아저씨가 내 몫까지 계산하셨다는 것을 알았다.) 혼자 여행의 묘미는 내 일상의 타인에게서 벗어나고 싶어 떠나온 여행지에서 부지불식간에 내 경계선을 무너뜨리고 넘어오는 타인들이다.

부산에서 지내는 3일이 마치 내가 여기가 고향인 것 같기도 한 착각에 빠져 제주도로 넘어가기를 아쉬워했다. 그래도 혼자 무거운 캐리어를 끌고 제주도에 넘어갔을 때는 또다른 공포체험을 했는데, 이번에는 초보운전&장롱면허인 내가 혼자 운전대를 붙잡고 운전을 한 것이다. 제주도민도 기피한다는 한라산 정가운데를 넘어 나는 서귀포로 갔다. 도로 먼 끝에서 바다가 보이며 햇살이 눈부시게 내릴 때 드디어 지옥인지 천국일지 모를 죽음에 도착했다고 착각했다. 서귀포에 도착했을 때는 감동 그 자체였고, 아무 사고 없이 끝까지 운전해서 온 내가 대견하고 기특했다.

　　혼자 여행을 하다 나도 미쳐 몰랐던 나를 발견하게 된다. 처음으로 혼자 떠난 부산, 제주도에서 소름 끼칠 정도로 내가 손이 많이 가는 사람이라는 걸 알았다. 평소에는 내가 손이 많이 가는 사람들을 챙겨주고 있다고 생각했는데, 오히려 혼자 있어보니 나는 손이 많이 갔다. 하지만 혼자 간 여행에서 그걸 챙겨줄 사람은 오롯이 나였다. 아이스크림을 먹으면 꼭 손에 묻혔고, 발권한 표를 가방에서 한참 찾았다. 안내표를 잘 보다가 다른 길로 세서 길을 헤매고 근처까지는 와봤네 하고 돌아가는 일도 많았다.

　　혼자서 잘 때는 잠자리를 가린다는 것도 알았다. 누가 업어가도 모를 정도로 잘 자는 편인데, 게스트하우스, 호텔, 에어비앤비 어디에서도 적응을 잘 못했다. 그래서 혼자 여행을 떠날 때는 애착 베개, 안대, 귀마개를 꼭 챙긴다. 그래도 잠이 안 올 때가 있으면 자는 것을 쿨하게 포기하고 긴긴 밤 책을 읽거나 영화를 본다. 그 시간이 참 귀하다. 그러다 새벽에 문득 나와 함께 밤을 보내준 수많은 사람들을 생각하며 고마워하다가 그리워하다가 다시 그들이 있는 곳으로 돌아가겠다는 힘을 얻는다.

혼자가면 외로울 것 같다고 묻는데 전혀 그렇지 않다. 마음이 좁아지고 심기가 예민할 때는 혼자 멍하니 바다를 보거나, 산책길을 걸으면 마음이 정화된다. 그리고 혼자서 무엇을 먹을지, 어디로 갈지를 결정하다 보면 엉클어진 수많은 관계에서 자유로워진 기분이 든다. 이 순간에는 오로지 내 의견이 제일 중요하게 된다. 그렇게 혼자 떠나오면 마음의 문 틈이 서서히 벌어진다. 그럼 여행 막바지에 다다라서 외로워진다. 다시 일상으로, 수많은 관계 속으로 들어갈 준비가 된 것이다.

삶의 다양한 관계가 부대끼는 이들에게 혼자 여행을 추천한다. 우리는 관계 속에서 삶을 유지할 수 있다. 하지만 그 관계들이 늘 유쾌한 것은 아니다. 그들이 변할 수도, 내가 삐뚤어질 수도 있다. 혼자 여행을 떠나 그 관계에서 벗어나면 놀랍게도 새로운 시각이 생기고, 미쳐 몰랐던 나를 발견하기도 한다. 혼자일 때 겪은 재밌는 에피소드들을 가득 안고 다시 바른 자세로 나의 관계속으로 돌아가는 길이 행복하다.

일기를 쓰다 보면

냉장고 문을 열고 한참을 생각했다. 뭘 꺼내려고 했지? 두서없이 냉장고 위칸부터 아래칸을 모두 훑고 난 후에 알게 되었다. 꺼내려고 연 것이 아니라 집어넣으려고 연 것이라는 것을. 웃어 넘기기에는 어딘지 모르게 간담이 서늘했다. 전달받은 업무를 모두 까먹고 퇴근했을 때 걸려온 전화는 보이스피싱 보다 찜찜했다. 무엇 하나 집중하지 못하고, 자주 잊어버리는 바람에 실수가 많았다.

그 무렵 내 인간관계에는 엄청난 균열이 생기고 있었는데 내가 속한 부서에 부서원들이 서로를 험담하느라 나는 중간에서 이러지도 저러지도 못하는 상황이었다. 문제는 그 험담을 양쪽에서 듣는 것도 지쳐 직접 해결점을 찾아보겠다고 사과의 자리도 만들어보고, 날이 선 비난을 하는 동료를 붙잡고 달래기도 하고, 화를 내기도 했다. 사모임이라면 모임을 그만두면 그만이겠지만, 조직 내에서 벌어진 일에 눈을 딱 감고 일만 할 수는 없었다. (그러면 안 된다고 생각했지만, 지금 와서 생각해보면 사실 일만해도 됐을 것 같다. 죽일 놈의 정.)

양쪽의 이야기를 들어주다 보니 스트레스 게이지는 가득 찼지만 정작 내 스트레스를 말할 곳은 없었다. 집에 오면 약간의 심호흡을 할 시간은 있었지만 다시 출근을 하면 그 불편하고 불안정한 공간에서 업무를 한다는 것 자체가 고역이었다. 그 때부터 일은 일대로 기억나지 않고, 일상은 일상대로 기억나지 않았다.

스트레스가 만성화가 되면 정보를 암기하는 뇌의 기능을 크게 방해한다고 한다. 짧은 순간 받은 스트레스는 짧은 기억을 잊히게 하지만 스트레스가 장기화되면 뇌에 더욱 큰 영향을 미치는 것이다. 기억력이 나빠지면 일의 실수가 잦고, 일의 실수가 잦으면 또 다른 스트레스가 밀려오는 악순환이 벌어진다. 이런 악순환이 벌어지다 보니 당장 어제 저녁에는 뭘 먹었는지조차 기억하려면 엄청난 시간을 쏟아야 했다.

그때부터 일기를 세세하게 쓰기 시작했다. 세세한 것 하나하나 기록하여 남기면 기억력에도 좋지 않을까 하는 생각이 들었다. 초반에는 일기에 몇 시에 일어났고, 뭘 먹었고, 어디를 다녀왔는지 정도를 썼다. 무슨 책을 읽었는지, 영화는 어땠는지 정도의 짧은 감상도 남겼다.

그러면서 점점 삶의 포커스가 나에게 맞춰지는 것을 체감했다. 타인이 험담하는 이야기들은 내 삶의 이야기가 아니니 귀에 와 닿지 않았고, 일기에 구구절절 쓸 필요도 없었다. 나의 일기장이니 온전히 나의 이야기로 채우고 있었고, 채우고 싶었다. 그렇게 쓰다 보니 인간관계에 집중한 것이 아니라 집착한 것은 아닐까 하는 생각이 들었다. 인간관계에서 가장 중요한 것은 내 주변에 있는 수많은 인간들이 아니라 인간들 속에 '나'다.

채워진 일기가 꽤 쌓였을 때 일기를 다시 읽어보았다. 내가 당시에 썼던 감정을 천천히 다시 읽어보니 지금 느끼는 감정과 전혀 다르기도 했다. 격분에 못 이겨 쓴 이야기들도 지나고 보니 별일이 아니고, 때로는 잘 풀려 있기도 했다. 슬픔에 잠겨 울면서 쓴 일기는 다시 읽어도 슬펐지만, 이상하게 현재에 내가 그 당시에 울고 있는 나에게 안쓰럽다는 감정을 느꼈다. 마치 그 당시에 울고 있는 나는 전혀 내가 아닌 것처럼. 그리고 뭔가 한 뼘 성장했다는 느낌도 들었다.

　　일기를 다시 읽으면서 재밌었던 점은 일기 대부분이 '하고 싶다.'로 끝이 난다는 것이었다. '영화 보러 가고 싶다.', '먹고 싶다.', '여행가고 싶다.', '배우고 싶다.', '쉬고 싶다.' 하고 싶은 일만 빼곡한 게 아니라 '꾸준히 하고 싶다.', '친절하고 싶다.', '자주 웃고 싶다.'같은 감정이나 태도에 관한 것들도 많았다. 그런데 그 뒤에 일기를 추적해서 보면 그렇게 하고 싶다고 도배한 심정과는 달리 전혀 행동으로 옮기고 있지 않았다. 쳇바퀴 같은 일상에서 해야 하는 일만 했고 그 시간 속에서 벌어지는 불쾌한 감정에만 매달리고 있었던 것이다.

　　일기를 쓰는 것도 중요하지만 읽는 것도 꼭 필요하다는 생각이 들었다. 그리고 꼭 읽고 난 후 행동으로 옮기는 것이다. 의식적으로 캘린더에 하고 싶은 몇 가지를 적어 놓고, 하고 싶다고 한 행동들을 집중해서 하기 시작했다. 영화도 보러 가고, 만나고 싶은 사람들을 만나 식사도 했다. 자주 웃고 싶다고 쓰고 의식하며 행동하니 웃을 일이 많아졌다. 때때로 스트레스와 우울감이 일기를 점령해

가고 있으면 뭘 하고 싶은지를 찾고 하고 싶은 것
들을 했다.

　　일기는 현재 나의 욕구와 감정과 상태를 훤
히 알려주는 쇼핑몰 장바구니 같은 것이다. 장바구
니에 담는 것만으로는 내 것이 되지 못한다. 삶의
포커스가 어긋나서 하루하루가 고통이라면 일기를
쓰고, 읽고, 행동할 것.

책 싫어 병

대학교 첫 중간고사에서 나는 좌절할 수밖에 없었다. 객관식이 없다니, 국어국문 전공 시험은 당연한 소리지만 사지선다형이 아니다. 다른 이공계 전공은 어떠할지 모르겠지만 적어도 인문학에 있어서는 1+1=2와 같은 정답이 없다. 시험 문제를 잘 읽고 정답을 잘 찾는 것이 아닌 정답이라고 생각하는 긴 하나의 답변을 작성해야 한다. 사는게 대학 시험과 뭐가 다를까 싶다. 정답 없는 인생에 정답 같은 것들을 써내려 가는 일.

작가가 내 길이 아니라는 생각을 한 후 나는 늘 끼고 살았던 책을 열지 않았다. 취업을 한 후 책은 더 이상 가치 있는 활동이 아니었다. '책 싫어 병'에 걸린 것이다. 책을 읽는다고 떡이 나오지도 않고, 책을 읽지 않는다고 잘 버텨온 인생이 무너지는 것도 아닌 것 같았다. 무엇보다 주변에 아무도 책을 읽지 않았다. 사무실 구석에서 책을 읽고 있으면 '업무 중에 읽는 텍스트가 얼마나 많은데 책까지 읽냐?'며 저마다 한마디씩 얹고 갔다.

'책 싫어 병' 무렵 합병증으로 '재밌다. 맛있다. 좋다. 병'에 걸렸었다. 새로 문을 연 식당을 방문한 후 친구가 거기 음식 어땠는지 물으면 학습이 덜 된 AI처럼 '맛있다.'외에는 어떠한 말도 할 수 없었다. '그 감독 이번 작품 어때?'라는 질문에 누구보다 신나게 이야기하는 내가 '재밌었어.'라고 짧게 대답하고 마음 속으로는 '재밌었는데 그게 뭐였더라?'하고 두루뭉술하게 떠오르는 생각들을 정리하지 못했다. 회의를 할 때 의견을 물어도 나는 다 좋았다. 실제로 좋지 않아도 우선 좋다고 대답하고, 한참 뒤에 좋지 않았구나 깨달았다. 왜 좋지 않은지를 바로 정리해서 말하지 못하기에 우선 좋다고 하는 것이다.

책을 읽지 않으니 사유가 없고 깊은 사유가 없으니 나의 체험은 늘 단조롭게 느껴졌다. 단조롭게 느껴지니 표현이 나오지 않고 표현이 나오지 않으니 의견이 없어지고 색깔을 잃어갔다. 사고의 확장이 전혀 되지 않으니 이상한 소문을 들어도 신뢰할 수 있는 정보인지는 관심이 없고 기정사실화 시켜 받아들였다. 배움의 즐거움이나 성취의 뿌듯함, 발견의 기쁨 같은 것들이 내 삶의 원동력이란 사실을 잊게 했다.

나이만 잔뜩 먹은 애송이가 된 것 같았다. 아는 것이 없으니 알은 체만 하고, 상대의 상황이

나 감정을 전혀 공감하지 못한 채 막무가내 조언과 충고를 남발하고 나서야 '책 싫어 병'을 고칠 필요가 있다는 것을 알았다. 무채색의 기계 부품 같은 삶을 만드는 것은 사회가 아니라 어쩌면 나일지도 모른다.

시립도서관에 가서 회원증을 만들고 일요일마다 책을 빌렸다. 분야를 따지지 않고 재밌어 보이면 다짜고짜 집어왔다. (음양오행을 다룬 사주 관련 서적, 초등학교 때 읽었던 몽실언니, 야생초 편지, 전원주택, 땅콩주택, 협소주택 관련 건설 서적 등 참 다양하게 읽었다.) 칼퇴를 하고 컨디션이 괜찮으면 도서관 구석에서 쉬지 않고 읽었다. 조금이라도 흥미가 떨어지면 덮고 다른 책을 열었다. 그렇게 '책 싫어 병'을 억지로 고쳐갔다.

완치가 되었다고 하기에는 아직도 책을 읽기 싫은 시기가 찾아온다. 그래도 하루에 정해진 시간(아침 시간을 추천한다.)동안은 텍스트를 읽는다. 읽는 행위만으로도 심박수가 낮아지고, 근육 긴장을 풀어준다. 출근을 일부러 빨리하는 편인데, 빈 사무실에서 호흡을 가다듬고 독서를 하면 하루의 시작이 단정한 느낌이다. 단정하게 시작하니 허

둥지둥 출근하여 바쁘게 돌아가는 업무로 스트레스 받을 일이 별로 없다.

책을 다양하게 읽어가면서 글을 쓰는 것에 대한 두려움을 많이 이겨냈다. 사보 인터뷰를 담당하고 지면에 인터뷰 기사를 싣는 것을 시작으로, 시간을 내어 다양한 의뢰인들의 편지쓰기를 도와주고, 결혼식 축사, 기관 인사말, 발간사, 업체 광고 카피, 자소서 첨삭 등 다양한 곳에 글을 썼다. 내가 쓰는 글이 빛을 발할 수 있다는 생각에 기뻤다. 지금 이렇게 책도 쓰고 있지 않나?

글을 쓴다는 것을 떠나 어쨌든 책을 읽는 것은 행복을 공짜로 사는 일이다. 다양한 사람들의 희로애락을 책을 통해 만날 수 있으니 34년을 살아도 얻을 수 없는 삶의 정답을 책 한권으로 만나는 셈이다. 비 쫄딱 맞은 강아지 마냥 웅크리고 있을 때도 시 한구절이 밥 한 숟갈 뜨게 할 때도 있고, 분노에 손이 떨릴 때도 정신과 의사가 따뜻하게 등을 쓰다듬어 준다. 기회조차 없는 세상이 팍팍하게 느껴져도 책 속에 있는 수많은 주인공들이 현실을 이겨내고 삶을 개척한다.

'책 싫어 병'이 나아지면서 합병증도 좋아졌

다. 나는 마치 이영자처럼 이 음식이 어떤 맛인지에 대해서 군침 돌게 설명할 수 있고, 재밌는 영화를 만났을 때는 노트 가득 장면들을 정리한다. 무엇보다 좋고 싫음에 대해 명확한 이유를 말할 수 있고 다양한 사람들의 이야기를 듣고 수용한다. 그렇게 사람들과 더 나은 방향으로 나아갈 수 있는 환경을 만드는 것에서 보람을 느낀다. 책이 마구 물감을 뿌려주듯이 다양한 색깔을 가진 사람이 되어 간다.

    P.S '책 싫어 병'을 고치는 방법: 완독에 집착하지 말 것.

날씨가 좋으면 낚시를 가겠어요

노력하는 만큼 결과가 나오거나, 생각하는 것만큼 일이 풀린다면 얼마나 좋을까? 받아쓰기를 백점 맞고 싶어서 열심히 공책 칸을 채우면 백점을 맞을 수 있었다. 그런데 막상 사회에 나오고 보니 내가 노력하는 만큼 좋은 결과를 받을 때도 있지만 생각보다 자주 섭섭한 결과들이 성적표처럼 도착해 있다.

그래도 노력을 믿는 편이다. 불로소득을 바라지 않고, 내가 사랑하는 만큼 사랑받을 수 있다는 믿음. 그래도 가끔은 로또를 사보고 당첨되지 않아 아쉽고, 사랑한 만큼 사랑을 바라면 안 된다는 진리에도 속이 조금은 쓰리다.

믿고 의지하는 회사 후배들이 있었고, 우리는 큰 프로젝트를 맡게 되었다. 큰 프로젝트를 시작할 때 부서마다 프로젝트 담당하는 사원들을 모두 모아 교육을 하는 시간이 있었는데 그때 나는 여행 일정이 있어 참석하지 못했다. 나 없이 교육에 들어가는 후배 두 명이 하나도 못 알아들으면 어떻게 하냐고 진담 섞인 농담을 했을 때만 해도 나는 웃으며 돌아와서 내가 독학해서라도 알려주겠다고 했다.

그렇게 여행을 잘 마치고 돌아왔을 때 놀랍게도 후배들은 프로젝트에 대해 단 하나도 진행을 하지 못한 상태였다. 괜찮았다. 나도 공부를 해야 하는 상황이고, 내가 더 꼼꼼하게 독학해서 알려주면 된다고 생각했다. 그런데 후배 한 명이 너무 어려워 스트레스가 심하다고 프로젝트를 그만두겠다고 했다. 괜찮았다. 회사 일을 하다 보면 프로젝트를 할 때 인원이 줄어드는 것처럼 계획과 달리 변경되는 것들은 숱하게 많았다.

남은 후배와 열심히 일했다. 아무것도 모르는 후배를 붙들고 프로젝트를 잘 마무리했다. 물론 과정은 아름답지 않았지만, 결과는 좋았다. 프로젝트가 끝날 때까지도 후배는 이 일이 어떤 업무인지 정확하게 깨닫지 못했고, 그저 분배 받는 일들을 묵묵히 했다. 괜찮았다. 열심히 독학해서 일했고, 좋은 성과를 냈고, 평가에서 좋은 점수를 받을 것이라고 확신했다.

내가 노력한 만큼 좋은 점수를 받았으면 좋았겠지만, 인생은 야박하게도 생각대로 일이 벌어지지 않는다. 관리자는 상반기 평가에서 그 후배보다 나에게 한단계 낮은 점수를 줬다. 그래도 별말하지 않고 넘어갔다. 그 후배가 주어진 일을 묵묵하게 해냈고, 좋은 점수를 받은 만큼 일에 큰 동기부여가 되기를 바랐기 때문이다.

　　이 시기를 큰 멘탈 붕괴 없이 넘길 수 있었던 건 낚시였다. 나는 처음 가 본 낚시에서 말로는 표현할 수 없는 힐링을 선물 받았다. 동생들을 따라간 강에서 캠핑의자를 어설프게 펼쳐 놓고 강태공이 될 것 같은 큰 꿈에 사로잡혔다. 처음 해보는 낚시지만 붕어도 잡고, 잉어도 잡아서 외갓집에 가서 매운탕을 끓여 먹어야지 하고 기대했다. 수십번의 입질을 놓치고 스트레스를 엄청 받은 뒤 모든 걸 포기하자 새로운 풍경이 보였다. 강에서 부는 바람에 흔들리는 나무들의 춤, 풀잎들이 내는 소리, 잔잔한 강물, 멀리 보이는 굽이굽이 이어지는 산의 능선.

　　어쩌면 나는 잡을지도, 못 잡을지도 모르는 그 찰나의 순간에 곤두서 있느라 많은 풍경들을 놓쳤는지도 모르겠다. 인생이 기대처럼 풀리지 않는다고 스트레스를 받고 그 스트레스로 시야가 좁아져 모니터만 뚫어져라 보고 있을 때마다 나는 낚시를 간다. 그러면 아무런 기대 없이 잡아도 좋고, 못

잡아도 좋다는 마음으로 낚싯대를 툭 던져 놓고는 좋아하는 노래를 틀었다가, 커피를 마셨다가, 풍경에 눈을 맡겼다가 산을 베개 삼아 강을 이불 삼아 푹 쉬고 돌아온다. 풍류를 읊는 고전시가에서 낚시하는 강태공이 왜 자주 나오는지 알게 된다.

　　　운이 좋게 떡붕어나 잉어 같은 것을 건져 올리면 세상에 모든 것을 다 가진 것처럼 행복해하고, 붕어에게 이름을 지어 주기도 하고, 미안하다고 사과도 하고, 잘가 하며 보내준다. 그렇게 받은 힘을 그대로 안고 집에 돌아가면 세상이 내 뜻대로 안 풀리는 것이 뭐 그리 대수인가 싶다. 가끔 내 미끼를 물어주는 물고기들처럼 내 인생에도 불쑥 튀어나오는 크고 작은 행복에 감사하면 그만이다.

　　　낚시로 인생을 논하다니, 마치 낚시고수가 된 것 같다. 낚시고수처럼 큰 낚시 가방도 없고, 고급 장비들도 물론 없다. 그래도 낚시를 하면서 얻을 수 있는 백 가지 좋은 점을 낚시고수처럼 알고 있으니 낚시고수와 진배없다. 가끔 받는 인생 성적표가 낮아 속상하거나 기대 보다 인생이 안 풀릴 때면 낚시할 때가 온 것이다. 딸기향 떡밥을 챙길 것.

작은 완성

글을 쓴다는 것은 단어를 문장으로, 문장을 문단으로 쓰는 과정이다. 그러니까 글을 쓴다는 건 문단부터 쓰는 역순의 프로세스를 절대 거칠 수 없다. 글을 쓰려면 머리 속에 단어를 떠올려야 하고, 문장으로 만들어야 하고, 문단으로 풀어야 한다. 이 과정에서 어떤 단어는 머리 속에 갇혀 있기도 하고, 어떤 문장은 공책에 묻히기도 한다. 하나의 글을 완성한다는 것은 참 어려운 일이다.

유난히도 나는 완성이라는 것을 잘 못했다. 초등학교 때는 사생대회에서 그림을 다 완성하지 못한 적이 있다. 초등학교 단체로 버스를 타고 박물관에 도착해서 나눠주는 빵과 우유를 먹고, 그림을 완성하기 전부터 뛰어 놀 생각에 몸이 근질근질했다. 엄마는 나를 붙잡고 여기까지 색칠이라도 하라며, 손가락을 집었지만 친구들이 저 멀리서 내 이름을 불렀다. 먼저 완성하고 기다리는 친구들과 완성하지 못하고 보채는 나 사이에서 우리 엄마는 아무 잔소리도 하지 못했다. 엄마처럼 많은 학부모들이 곳곳에 돗자리를 펴고 앉아있었기 때문이다.

미완성 전문가인 내가 커서 대학교 조별과제를 할 때도 나는 내 분량의 몫을 완성하지 못했었다. 보석십자수나 퍼즐, 스도쿠 같은 것도 끝맺음을 해본 적이 거의 없다.

2013년에 드라마아카데미 면접을 봤다. 면접관과 아주 가까운 거리에서 1:1 면접을 하는데 쓰고 싶은 드라마가 무엇인지에 대해 주절주절 얘기했다. 그때 면접관은 나에게 이런 말씀을 해 주셨다. '떨어지면 포트폴리오를 만들어서 다시 시험을 보러 오세요.'

그렇게 드라마아카데미 면접에서 떨어졌고, 포트폴리오가 중요하다는 것을 알게 됐다. 정말 단어 그대로 알기만 했다. 그때 나는 고작 25살이었고, 충분히 만들 수 있다고 생각했다. 그렇게 올해는 꼭 완성할 거라는 다짐으로 3년이 지나 있었다. 나는 단 한 편도 완성하지 못했다. 사실 쓰지 않았다는 표현이 맞을지도 모르겠다. 어차피 나는 완성하지 못할 거니까.

완성을 못한다는 것이 나에게는 별로 문제가 되지 않았었다. 그림을 다 그리지 못하면 사생대회에서 떨어진 것이고, 조별과제를 못하면 내 이름을 빼고 조별과제가 제출되는 것이 당연한 것이었다. 보석십자수, 퍼즐, 스도쿠는 서랍에 쌓아 두

면 그 뿐이다. 그런데 드라마 포트폴리오는 아무
도 문제 삼지 않았는데도 나에게는 너무 큰 문제였
다. 문제를 받아들이고 그때라도 쓰면 그만이겠지
만 쉽게 시도하지 못했다. 봄에 있을 면접에 가지
고 갈 포트폴리오가 없어 27살에서 28살이 넘어가
는 겨울에 깊은 우울감을 겪었다.

　　　우울감에서 벗어나기 위해서 원인을 찾고
싶었다. 도대체 무슨 이유로 완성을 못하는 지에
대한 문제를 집요하게 생각했다. 게을러서, 재주가
없어서, 바빠서, 직장을 그만둘 수 없어서. 수많은
이유들을 들어봤지만 아니었다. 나는 글을 쓸 때
완벽하고 싶어했다. 완벽하게 쓰고 싶으니 시도조
차 못했고, 시도를 하더라도 완성하지 못했다.

　　　나에게는 완성이라는 것이 필요했다. 완벽
하지 않아도 완성할 수 있는 힘. 그래서 뜬금없지
만 뜨개질을 시작했다. 코바늘을 잡고 유튜브 영상
을 수차례 돌려봐도 진도가 나가지 않았다. 욕도
하고, 소리도 지르고, 망가진 실을 자르고, 또 잘랐
다. 포기하면 지는 것 같았다. 그리고 졌다. 졌었다.
보름 정도 거들떠보지 않다가 다시 시도했다. 조금
씩 천천히 하나하나 실을 편물로 떠가기 시작했다.

삐뚤삐뚤 일정하지 않은 크기로 예쁘지 않은 어떤 이상한 동그라미를 만들고 나니 뿌듯했다. 완성이란 이런 맛이구나.

양손이 어느덧 적응을 하니 동그라미는 네모로, 세모로, 별모양으로 편물을 만들 수 있었다. 그런 편물 조각들이 쌓이니 까슬까슬한 수세미 실로 수세미를 만들고, 부드러운 실로 가방도 만들었다. 완성품이 하나 둘씩 쌓이기 시작하자 다음 작업물에 더 공을 들일 수 있었고, 공을 들인 만큼 더 큰 작품을 만들 수 있었다. 담요를 뜨고, 가랜드를 만들고, 전자레인지 덮개를 만들었다.

뜨개질 포트폴리오가 만들어진 것 같았다. 지인들에게 나눠주고도 남은 수세미들이 상자에 가득 있었다. 마침 회사에서 프리마켓 행사를 열었는데 상자를 들고가서 수세미를 전부 팔았다. 텅 빈 상자와 현금 봉투를 보고 느낄 수 있었다. 완성할 수 있는 힘이 생겼다는 것을.

작은 성공들이 모여 큰 성공이 된다. 뜨개질도 그렇다. 한 코, 한 코가 모여 면을 이룬다. 면들이 모여 담요가 되고 옷이 된다. 글도 마찬가지다. 단어가 모여 문장이 되듯이 여러 편이 모여 책이 될 거라는 믿음으로 쓴다. 나는 이제 완성의 뿌듯함을 아니까.

그래서 포트폴리오를 완성했느냐고? 물론 완성했다. 하지만 드라마아카데미에 지원하지는 않았다. 대신 포트폴리오로 다양한 경험들을 더 할 수 있었다. 뜨개질은 계속 하고 있냐고? 물론 한다. 완성의 즐거움을 알려준 좋은 친구지만 장점이 정말 많다. 묵언 수행을 하게 해주고, 집중력을 길러준다. 무료하거나 손이 심심할 때 시간도 잘 간다. 가볍게 선물하기도 좋고, 고마운 마음을 가득 담아 선물하기도 좋다. 고민을 잊고 싶을 때도 좋다. 딴 생각을 할 겨를이 없다.

완성의 경험은 값지다. 결과물의 좋고 나쁨을 떠나 완성하는 경험을 꾸준히 만든다면 알게 된다. 완벽한 결과물은 어디에도 없다. 완성과 미완성의 차이만 있을 뿐이다.

좋아하는 것들

출근을 해서 직장 상사의 직장 상사 뒷담화를 고막에 때려 박힐 정도로 듣고 나니 마음이 얼얼하다. 그리고 쉴 새 없이 휴대폰을 울리는 미워하는 일에 도가 튼 사람들의 날 선 대화들에 카톡 알림을 껐다. 일하면서 마주하게 되는 포털사이트 뉴스에 도배된 혐오 가득한 댓글들에 혈압이 오른다. 오늘따라 사회면에는 따뜻한 이웃에 대한 기사보다 '먹튀'를 한 가게 손님부터 '보이스피싱'피해액이 얼마나 늘었는지, '불법촬영물'이 또 유포가 되었다는 당장이라도 욕지거리를 하고 싶은 기사들만 가득하다.

이런 날은 온 몸이 뺏뺏하다. 주변이 무채색으로 보이고 들리는 모든 소리가 소음인 날. 아무도 나를 때리지 않았지만 먼지 나게 두들겨 맞은 기분. 미간에 잔뜩 힘을 주고 오늘 하루가 빨리 끝나기를 빈다. 왜 불편한 이야기들은 기적의 퐁당퐁당 논리를 지켜주지 않고 한꺼번에 밀려오는지 모르겠다.

스위스의 한 교도소는 핑크색으로 도배를 했다고 한다. 수감자의 화를 진정시키는 효과가 있다는 기사를 읽었다. 세상이 분홍빛이라면 우리는 좀 더 따뜻하게 살았을까? 내가 마주하는 오늘의 많은 장면들 중 하나라도 핑크색이었다면 나는 좀 더 내면의 화를 다독일 수 있었을까?

이렇게 화가 쌓일 때는 훌쩍 여행을 떠나면 좋겠지만, 꼭 일정도 바빠 오도가도 못한다. 그럴 때면 응급처방을 한다. 바로 빈 노트에 가득 쓰는 것이다. 오직 좋아하는 것들만.

예를 들어서 이런 것들이다. '따뜻한 거품 목욕, 육즙 가득한 고기만두, 연두색 새순, 샤워 후 선풍기 바람, 팔도해장국 내장탕, 나무 그늘, 빗소리, 토끼풀 밭, 패러글라이딩, 들국화, 낙엽 밟는 소리, 보라색 바람막이, 양말 손빨래, 함박눈, 양념치킨, 체리 아이스크림, 픽사 애니메이션들, 팟캐스트 비밀보장, 무한도전, 노희경의 드라마, 토마토주스, 엄마가 만든 닭발, 을지로 골목, 공지천의 노을.'

쓸 때 포인트는 망설이지 않고, 두서를 생각하지 않고 써야 한다는 것이다. 이때 좋아하는 것들을 얼마나 많이 적어내는지가 스트레스를 판단하는 척도가 되기도 한다. 누가 한마디라도 더 보태면 화가 터질 것 같을 정도의 스트레스 상황에서는 좋아하는 것들이 떠오르지도, 써지지도 않는다. 그래도 머리를 짜내면서 써야한다. 일종의 정화의식 같은 것이다. 세상을 다시 아름답게 보기 위해 나를 씻기는 작업.

그렇게 노트를 빼곡하게 채우고 나면 마음이 좀 진정이 된다. 진정이 되면 좋아하는 것들을 쭉 읽고 지금 당장 느낄 수 있는 것들을 하고자 한다. '2시간 동안 토마토 주스를 만들고, 팟캐스트 비밀보장을 튼 다음 양말을 빨아야지. 그리고 엄마한테 엄마가 만든 닭발을 먹고 싶다고 연락하자.' 같은 하나의 흐름이 만들어진다. 그렇게 정해진 계획으로 몸을 움직인다. 좋아하는 것들을 가득 채우면 포기했던 하루가 아쉬울 만큼 시간이 빨리 간다. 그리고 세상은 다시 색깔을 갖고, 지금의 나는 조금 말랑말랑해져 있다.

열심히 적었지만 당장 할 수 있는 일이 없다면 가만히 누워서 곱씹으면 좋다. 토끼풀이 가득한 너른 들판 위에 나무 한 그루가 있고 거기에 누워 쉬는 상상을 하는 것만으로도 좋은 휴식이 된다. 좋아하는 드라마 주인공이 들국화 한 다발 손에 쥐고 나에게 걸어오고 있으면 프로 혐오러들의 펀치

들은 솜털에 불과하다. 내 세상에 잠시 흙먼지가 날렸을 뿐 비가 씻어주고 갔으면 하는 마음으로 빗소리 영상을 틀어 놓고 멍을 때린다. 그러고 나면 가슴이 맑고 상쾌하다.

응급처방을 내리고 나를 좀 달래면 이번 주말에는 무엇을 하면 좋을지, 다음 휴가 때는 어디로 가면 좋을지 같은 것들이 만들어진다. 그러면 또 그것들을 잔뜩 적어 놓는다. 좋아하는 것들을 즐기기 위해 짜는 계획에 아이처럼 신이 난다. 좋아하는 것들만 가득한 하루는 과한 욕심 같다. 작은 한 틈으로 좋아하는 것들을 채워줬다면 오늘 하루도 반짝 빛나는 보석 같은 날이겠지.

치열한 여름을 보내고 나니 가을이었고,
나는 조금 멋진 30대 싱글족이 된 것 같다.

3부
30대 성장통

멋진 30대 싱글족

어디서부터 이야기를 시작해야 좋을지 모르는 이야기가 있다. 삶의 한 챕터를 차지하지만 이미 끝이 난 이야기. 나는 20대~30대 초까지 긴 시간을 룸메이트와 보냈다. 중간 1~2년 정도 따로 살았던 시기가 있었지만, 족히 13년 정도를 인생의 대부분의 시간을 함께 보낸 친구였다. 나는 어렸을 때부터 비혼주의였기에 결혼에 대한 생각이 없었고, 그 친구는 빨리 결혼을 해서 가정을 만들고 싶어했다. 우리는 죽이 잘 맞지는 않았지만, 그 친구의 결혼에 대한 소망이 점점 사라지면서 오랜 세월 함께하게 되었다.

함께하는 세월이 길어질수록 앞으로의 미래에 대해서 방향성을 의논하게 되었다. 나는 20대 초반에는 서울에 가려다 실패하고, 중후반이 되어서야 춘천을 제2의 고향으로 삼고 큰 이벤트가 없다면 춘천에 평생 머물 생각을 하고 있었다. 그 친구의 인생도 계획처럼 굴러가지 않았고, 춘천에 자리를 잡아가고 있었다. 우리는 20대 중반에는 29살이 되면 헤어지자는 이야기를 했다가 30살이 되었을 때 30대도 같이 보내겠다는 결론에 이르렀다.

완벽한 자취 생활은 아니었고, 중간중간 다양한 문제들을 만나면서 서로 미안해했고, 고마워했다. 생활비는 깔끔하게 5:5로 나눠 부담했어도 내가 기쁜 일이 있을 때나, 그 친구가 기쁜 일이 있을 때면 서로 좋은 것들을 해주기도 하고 슬픈 일이 있으면 곁을 내주고 많은 대화들을 하며 타지의 혼자살이에 큰 힘이 되었다.

우리가 하나의 공동체가 되어 우리를 주변으로 다양한 친구들이 있었는데, 결혼을 한 친구, 혼자 사는 친구, 독립을 아직 못한 친구 등 대부분이 우리의 관계를 신기해하기도, 부러워하기도 했다. 그럴 만도 했다. 우리는 크게 싸운 적도 없고, 취향이나 선호하는 것이 다를 때에는 따로 움직이고, 모두 좋아하는 것에는 함께 삶을 영위했다.

그렇게 결이 많이 달랐지만 서로 많은 것을 양보했고, 예의를 차리며 잘 살아왔다. 그러다 생긴 문제는 세번째 이사를 한 집에서 산지 6년이라는 시간이 지나가면서 발생했다. 평소 우리는 경제적인 것 전부를 5:5로 나눴지만, 각자의 벌이에 대해서는 얼마나 버는지, 얼마나 모았는지에 대한 정확한 금액을 알지 못했다. 대충 얼마를 벌겠구나,

얼마를 모았겠구나 하는 희미한 숫자에 대한 짐작
만 있었다.

　구체적인 금액에 대한 이야기가 오고 간 건
월세인 이 집을 재계약할지, 전세로 이사를 할지에
대한 이야기를 하면서다. 나는 재테크에는 까막눈
이었고, 돈을 그렇게 성실하게 저축하는 편도 아니
었지만 20대 중반에 결혼을 목표로 했던 그 친구
는 꽤 많은 저축을 했다고 하고, 월급도 많이 올랐
다고도 했다. 그러면 우리가 월세를 벗어나 전세로
이사를 갈 때 그 친구의 목돈과 나의 목돈을 5:5로
합쳐서 이사를 가야하겠다고 의견을 모았고, 나는
그 친구가 모았다고 밝힌 금액 삼천만원을 목표로
돈을 차근차근 모으기 시작했다.

　친구들과 다같이 술을 한 잔 마시면서 돈을
전혀 안 모으고 있는 친구에게 우리는 뭔가 적절한
조언 같은 것을 해준다고 천만원만 모아봐라, 절약
을 해라 같은 소리를 던졌다. 가끔은 돈을 더 열심
히 모은 내 룸메이트가 더 잔소리를 하기도 했다.
친구들은 우리가 하는 이야기들을 경청하고 둘이
정말 나중에 좋은 집으로 이사 갈 수 있겠다고 칭
찬해줬다.

같은 꿈을 함께 이루어 간다는 건 엄청나게 매력적인 일이다. 동일한 관심사를 갖고 카페에 앉아 대화만 해도 활기가 도는 것처럼 말이다. 요즘은 전통가족의 종말과 함께 신가족화가 생기고 있다. 나도 우리가 새로운 가족 형태의 탄생이라는 뉴 트렌드에 합류한 것 같은 느낌도 들었다. 내가 어렸을 적 생각했던 멋진 싱글족의 삶은 아니지만 적어도 나와 함께 같은 꿈을 갖고 한 공간에 사는 새로운 가족은 생긴 것 아닌가.

그렇게 2년이 넘는 시간동안 부단히도 열심히 살았다. 2년 동안 우리는 어떤 구조의 집이 좋을지, 전세 가격은 어느 정도가 적절할지, 어떤 동네로 이사 갈지에 대해서 끊임없이 대화했고 상상만으로도 즐거웠다. 중간중간 돈을 잘 모으고 있는지, 허리띠를 졸라매느라 어려운 것은 없는지, 지금 걷는 생활비에서 줄일 수 있는 항목은 없는지에 대해서 내가 자주 이야기를 꺼냈었다. 그 친구는 어느 날은 잘 모으고 있다 하고, 이번 달은 쇼핑을 많이 해서 저축을 못했다고 하고, 명절에 부모님 용돈 드리느라 기타 지출을 줄여야 한다고 얘기했다. 그래도 요점은 잘 모으고 있으니 걱정말라는 투였다.

　다행이었다. 내가 빨리 정신을 차리고 돈을 열심히 모은 것도 다행이었고, 우리가 이제는 덥고 퀴퀴한 투룸에서 벗어나 좋은 집으로 이사를 갈 수 있을 것이라는 확신이 들었다.

　-2-

　우연인지 운명인지 하는 것들이 있다. 옆집으로 이사 온 여자가 그랬다. 옆집 젊은 여자는 20대 중반으로 보였다. 복도에서 인사를 해도 받지 않았고, 무뚝뚝했다. 가끔 옆집에서 장구나 꽹과리 같은 소리가 들렸고, 룸메이트 말로는 그 여자애가 할머니한테 소리를 지르기도 하고, 혼자 울기도 한다고 했다. 느낌이 싸했다. 나는 그 여자가 무속인이 아닐까 하고 말했다.

　룸메이트가 건물주에게 전화를 해서 자초지종을 물으니 국악 전공을 하는 학생이라고 했단다. 그래도 느낌은 뭔가 달랐다. 그러다 그 젊은 여자가 우리집에 빵을 주러 왔고, 나는 온 김에 술이나 한잔하자고 권했다. 정확하게 확인하고 싶었다. 대

놓고 '무속인이세요?'할 수 없는 노릇으로 젊은 여자의 사는 이야기들을 듣다가 그 여자가 집에 돌아갈 때는 이러지도 저러지도 못해서 답답했다. 그런데 그 여자가 현관 문 앞을 나서면서 '사실 저 신내림 받은 지 얼마 안 됐어요.'라고 말했다. 내가 속으로 궁금해하는 것을 눈치라도 챈 것처럼. 앞으로 신당을 모시고 점도 보고 굿도 할 생각이라고 했다. 활짝 웃으며 알겠다고 하고 젊은 여자를 배웅했다.

그 여자가 무속인인 것은 문제가 되지 않았다. 범죄자가 사는 것도 아니고 단지 직업이 무속인이라는 것으로 이사를 갈 필요는 없다. 그런데 소음은 다른 문제였다. 손님들도 계속 올 것이고, 장구나 북, 꽹과리 소리가 얇은 벽을 타고 넘어올 것이라는 생각에 이제 슬슬 이사를 알아보는 것이 좋겠다고 얘기했다.

친구는 단호하게 반대했다. 지금도 충분히 좋다는 것이다. 근데 그 설득의 뉘앙스가 뭔가 이상했다. 2년 동안 같은 꿈에 대해 이야기했던 사람이 맞나 싶었다. 소음이 힘들지 않겠냐고 했더니 자기는 참을 수 있다고 했다. 그래서 나는 환경을 충분히 좋게 바꿀 수 있는데, 참는다는 것이 이해가 되지 않는다고 했다. 친구는 당장 이사를 가는 것 보다 1년 정도 살아보는 것은 어떻겠냐고 했다. 그래도 상관은 없었다. 나는 귀가 어두워서 그 소리가 크게 들리지도 않았고, 벽을 마주하고 있는 친구가 살기 힘들 것이라는 생각이 들어서 걱정이었다.

여름을 시작하는 그 시기에 나는 뭔가 이상한 촉이 생겼던 것이 분명하다. 무속인이 우리 집에 들러 맥주 한 잔 마신 보답으로 약간의 촉을 두고 간 것일까? 대수롭지 않게 넘길 만한 이번 일에 나는 대뜸 친구에게 통장을 보여 달라고 했다. 분명 무례한 것이고, 선을 넘는 행동이었다. 그동안 네가 모은 돈이 얼마인지 구체적인 액수를 말하고 통장을 보여주면 좋겠다고 하니, 친구가 어정쩡하게 천팔백만원이 있다고 말하고 방으로 들어갔다. 액수가 많이 이상했다. 왜 돈이 줄어들지?

말할 수 없는 사정이 있다고 했고, 미안하다고 앞으로 돈을 열심히 모으겠다고 했다. 그럴 수도 있다. 우리가 함께한 시간과 비례하게 내가 그 친구의 모든 면을 아는 것은 절대 아니니까. 그 친구 이름으로 도착하는 갑자기 늘어난 택배들도 요즘 뭘 많이 사네 정도로 대수롭지 않게 넘어갔다.

어느 날 가계부 정산 겸 돈에 대한 이야기를 하며 수다를 떨고 있었는데 재테크 공부를 하고 보니 저축만이 능사가 아니고 주식, 펀드 등에 대한 재테크도 필요하다고, 연말정산을 잘하는 법, 예금 금리가 높은 상품을 찾는 법 등에 대해서 알고 있어야 한다고 이야기를 했다. 그 친구는 적금만 하고 싶다고 했다. 그래서 어떤 상품에 가입하고 있는지 더 높은 적금 금리 상품에 대해서 알려주겠다고 신나게 어플을 열어서 설명해 주려다가 한달 저축 금액에 대해서 물었다. 한달에 30만원을 적금으로 넣고, 10만원으로 청약을 하고 있다고 했다. 그래서 나머지는? 뭘 나머지? 진짜 제발 통장 좀 보여주면 안 돼? 아니 어플을 열어 봐. 내 어플에는 없어. 그게 왜 없어. 요즘은 다 연동이 되는데. 같은 긴 실랑이가 오고 갔다.

혼미했다. 그렇게 얼굴이 붉어지고, 목소리가 높아지게 대화한 적이 있었을까? 친구는 어플을 보여주며, 연동이 안되어 있다고 했고 통장도 잃어버렸다고 했다. 그 친구 휴대폰을 직접 들고 어플 이곳 저곳을 눌러 보면서도 적금 통장은 하나도 없었고, 월급 통장에 몇 십만원이 있는 것이 고작이었다. 나는 이제는 사실대로 말하라고 했다. 이상한 촉이 그 친구는 지금 아무것도 가진 것이 없다고 머리 속에서 얘기하고 있었다. 친구는 실토하고 모은 돈이 없다고 했다. 그럼 나와 사는 동안 얘기했던 돈들은 무엇인지에 대해 묻고 또 물어도 결론은 0원이었다. 친구는 수중에 돈이 없다고 울었다.

나는 괜찮다고 다독였다. 그게 내가 나와 같이 20대의 여정을 보내온 친구에게 할 수 있는 용서 같은 것이었다. 내가 노력한 2년 넘는 세월동안 돈을 열심히 모은 것처럼 내가 이 친구를 도와주고, 이 친구도 열심히 돈을 모으면 2년 후에는 더 좋은 집으로 이사 갈 수 있을 거니까. 차라리 지금 모든 것을 알게 된 것에 감사하기도 했다. 한편으로 많이 화가 났고 답답했고 눈물도 났다. 가까운 지인들에게 이 이야기를 하면서 어떻게 해야 할지 모르겠다고 고민상담도 했었다. 하지만 일은 이렇게 벌어졌고, 나는 친구의 거짓말을 용서하고 기다리는 것 외에는 내가 할 수 있는 것은 없었다.

이제는 서로에게 솔직하게 이야기하자고 약속하고, 월급 계획 예산서 같은 것을 같이 만들면서 금융 어플을 활용하면 좋다고 알려줬다. 근데 그게 또 문제였다.

-3-

금융어플은 나날이 발전하여 모든 금융사를 연동할 수 있고, 그러면 내가 가입한 금융상품, 보험, 자동차, 대출상품 등을 보여준다. 며칠이 지나고 가계 예산을 다시 짜고, 재무 설계를 도와주기 위해 친구 어플을 내가 이리저리 만지며 연동을 했고 업데이트를 기다렸다. 업데이트 완료와 함께 -47,000,000원이 보였다. 그날은 하필 주말이었고, 나는 연동 오류라고 생각했다. 주말과 연동 오류는 아무 관련도 없는데도 말이다.

마이너스가 붙은 최종 금액을 보고 머리가 아찔했다. 빚이 아주 조금 있을 수는 있어도, 이 친구한테 사천칠백만원 만큼의 대출이 있을 수는 없었다. 내가 새 차를 뽑아 이 친구는 면허도, 차도 필요 없었다. 학자금 대출금을 다 갚았을 때는 축하한다며 술을 마시기도 했다. 이 친구가 크게 아픈 적도, 사고를 친 적도 없었다. 왜 -47,000,000원이 어플에 떠 있는지 도무지 정리가 안됐다.

삼천만원부터 시작한 거짓말이 천팔백만원이 되었다가 0원이 되었다가 마이너스 사천칠백만원인 것을 보고는 나는 10여년을 누구와 무엇을 하며, 무엇을 위해서 살았는지에 대한 생각들이 스쳐 지나갔다. 내가 이 친구를 이렇게 모를 수 있나? 사람과 사람 사이의 마음의 거리를 잴 수 있다면 우리는 서로가 보일까?

더 이상 숨기는 것이 없다고 말했던 친구에게 원망스러웠다가 슬펐다가 분노했다. 나는 지금 어디에 칼을 맞은 건가? 나는 이미 살기 좋은 '우리' 집이라는 목표를 포기하면서 이 친구의 0원을 이해하기로 했으니 마이너스는 이해가 되지 않았다. 친구는 내가 대출 사천칠백만원을 발견했다는 것을 아직 몰랐고, 나는 다시 물었다.

정말 더 이상 숨기는 것이 없는지에 대해.

친구는 활짝 웃으며 이제 정말 없다고 대답했다.

그리고 그때 나의 이성의 끈은 끊어졌다.

불 같이 화를 내며 대출상품들을 봤다. 6년

전 받은 대출 상품부터 최근 2년 동안 받은 대출만 해도 3천만원이 넘었고, 모두 1금융권이 아니라 2, 3금융권이었다. 낮은 대출금리가 7~9%대였고, 높은 금리는 12%가 넘고 있었다. 하나하나 설명을 해보라고 했고, 그 친구는 하얘진 낯빛으로 침묵하고 있었다.

　　이성을 찾고 대출 상품을 모두 계산했다. 갚아야할 원금과 이자를 계산하니 7천만원 정도 되었다. 무슨 일인지 설명하라고 하니, 지난 몇 년간 있었던 대출 역사에 대해 설명했다. 모르겠다. 누군가를 믿는다는 이유로 본인 명의로 대출을 이만큼 받아줄 수 있는지 나는 정말 모르겠다. 차용증 한 장 없이, 단지 신뢰라는 명목으로 이만큼의 대출을 내어주고, 신용도를 다 까먹을 수 있다니 나는 이해할 수 없다. 가족도, 친구도, 사랑하는 사람도 아닌, 직장 동료에게 그만큼의 대출을 내어줄 사람은 몇이나 될까? 그런 데이터를 산출할 수 있나? 내가 그 채무자의 얼굴을 본 건 스치듯 한 번이었고, 나는 그 희미한 얼굴을 떠올리려 애썼지만 기억나지 않았다.

-4-

　사람이 이렇게 긴 시간 분노에 휩싸일 수 있다는 것을 몰랐다. 어르고 달래고 싸우고 욕하고 2주 동안 우리는 무너졌다. 룸메이트라는 네글자로 우리를 설명하기에는 우리는 중, 고등학교를 같이 나온 친구였고, 우리 엄마의 소중한 조카였고, 내 20대를 같이 보낸 가족이었다.

　나는 이 상황이 감당이 되지 않았다. 그리고 대출의 늪에 내 코가 곧 낄 것이라는 무서운 상상도 했다. 내가 대출을 받아서 돈을 갚아주지는 않아도 조금씩 무너지는 친구에게 나는 내 살점들을 하나씩 내어주겠지. 그러면 우리는 이 월세집에서 몇 년을 더 살게 될까? 에어컨도 없고, 베란다도 없는 좁은 투룸에서 나는 마흔을 맞이하게 될까?

　친구의 아버지, 나의 삼촌에게 이 사실을 모두 알리자고 했다. 이것은 정말 큰 문제고, 너 혼자서 감당할 수 없는 사이즈라고. 네가 버는 돈보다 네가 갚아 나가야할 몫의 돈이 더 크다고. 지금 빨리 해결하지 않으면 지금은 당장 버틸 수 있어도 곧 부러질 것이라고.

　(이 순간 나와 삼촌이 이 친구의 소소하고,

자잘했던 돈문제를 해결하기 위해 10년 동안 아주 귀여운 수준의 일들을 몇 개 해결한 기억들이 그제서야 소환되었다. 우리는 5:5의 생활비를 나눠내지만 그 관리를 내가 하기 시작한 것도 그간 자잘하게 있었던 이 친구의 돈 문제였다.)

의견은 좁혀지지 않았다. 좁혀지지 않는 거리만큼 세상에서 할 수 있는 온갖 험한 욕과 상처 주는 말들을 기관총을 쏘듯이 뱉어냈다. 그 사람을 내가 만나보겠다고도 하고, 변호사를 만나보자고도 했다. 친구는 홀린 사람처럼 자기가 다 해결하겠다는 말만 했다. 걱정할 일이 아니라고, 문제없다고 했다.

괴로운 시간이었다. 긴 고민의 끝에 내가 헤어지자고 말하면 이 친구는 어떻게 살아갈지. 나는 어떻게 살 수 있을지. 우리 친구들은, 가족들은, 강아지들은 어떻게 될까? 계속 같이 산다면 그럼 나는 어떻게 될까? 나는 그 친구가 빚을 갚는 모든 시간을 괴로워만 하면서 보낼까? 남일 보듯이 아니면 내 일인 것처럼 어떤 지점에서 나는 그 친구를 대해야 하나? 그 인고의 시간을 다 버티면 40대에는 좋은 집으로 이사 간다는 확실한 보장이 있

나? 그런데 왜 자꾸 얘는 아무 문제없다고 하는 거
지. 정말 아무 문제가 없는 건가. 내가 지금 너무
혼자 심각한 건가.

　　헤어지자고 말했다. 미안하지만, 이 집에서
나가 달라고. 이 집의 보증금도 모두 내 돈이었고,
세탁기도, TV도 내가 산 것이니 이 집을 버리고 나
가라고 했다. 그러면 정신을 좀 차릴 거라고 예상
했지만 아니었다.

　　친구는 짐을 싸서 나갔다.

　　(이 때도 삼촌이 이 친구의 새 보금자리인
원룸 보증금을 줬다는 소식을 한참이 지나서야 들
었다.)

　　-5-

　　큰 일인가 싶기도 하고, 이렇게 만들 문제였
나 싶기도 했다. 끝없이 우울했고, 무기력했다. 그
돈을 그 사람에게 빌려준 것은 진실인지, 사이비
종교에 헌금을 했거나, 보이스 피싱을 당한 것은
아닌지, 나 몰래 합의할 다른 사건이 있었는지 오
만가지 상상을 했다. 나는 이제 무엇을 해야 하는
지 알 수 없었다. 침대에 누워 내가 잃은 것은 무엇

인지에 대해서, 내가 찾은 것은 무엇인지에 대해서 끝없이 생각했지만 머리 속에 안개가 짙게 깔린 느낌이었다.

친구들을 붙잡고 겪은 일에 대해 토로해도, 친구들이 그런 나를 위로해도 이 배신감은, 이 허탈함은 달래지지 않았다. 차라리 잘됐다고 단정 지어도 다음 날 눈을 뜨면 멍청하게 당한 게 나인지, 내 친구인지, 우리와 같이 사는 개들인지 몰랐다. 이런 일에는 피해자가 있기는 한 것인가? 가해자는 또 있는가? 그럼 나는 피해자인가? 가해자인가? 내가 무슨 피해를 본 것일까? 배신감을 피해라고 봐야하나? 꿈이 사라진 것에 대해 재산 상의 피해가 발생한 것으로 볼 수 있나? 꿈이 사라진 것을 폭력으로 볼 수 있나? 그 무속인은 나를 구제하려고 온 것인가? 나를 무너지게 하려고 온 것인가? 내가 지금 하는 생각이 끝은 날까?

인사불성이 될 정도로 술을 마시고 울고, 불고 해도 개운해지지 않았다. 적절한 손절이었고, 어쩔 수 없었다고 생각했는데도 내가 매정했나 하는 자기 검열을 끊임없이 했다.

그러다 나의 부모님이 나에게 화해하라는 이야기를 했을 때 이건 폭력이라고 부를 수 있겠구나 생각했다. 누가 봐도 제정신이 아닌 얼굴로 눈에는 눈물이 가득 고여 힘들다고 말하는 나를 보며 네가 다 이해하고, 네가 먼저 사과하라고 큰 언니는 원래 그런 것이라고 했을 때 나는 당장 11층 아파트에서 떨어질 수 있겠다는 생각을 했다.

그렇게 부모님 아파트를 빠져나와서 심리상담센터 예약을 했다. 내가 부모님에게 받고 싶었던 것은 무엇이었을까? 위로, 용기, 다독임, 이해, 공감? 모르겠다. 무엇인지는 모르겠지만 네가 먼저 화해하라는 조언은 아니었을 것이다.

태어나서 처음으로 방문한 심리상담센터에서 나는 눈물, 콧물이 고장난 아이처럼 울었다. 생전 처음 보는 선생님 앞에서 '자꾸 울어서 죄송합니다.'라는 말을 하면서 계속 울었다. '그러니까 제 친구가요. 죄송합니다.', '친구이긴 한데 친척이기도 하고, 죄송합니다.', '근데 차용증을 안 썼고요. 죄송합니다.', '이건 제가 용서해야 하는건지 모르겠습니다. 죄송합니다.'

선생님은 내 말을 끊지 않았다. 다 젖은 티슈를 쓰레기통에 버려 주시고, 종이컵에 물을 따라 주시고, 새 티슈를 꺼내 주셨다. 그렇게 1~2회 상담에서는 내리 울기만 하고 집에 왔다. 그렇게 다 쏟아내고 나오면 개운했다. 뭘가 겪어보지 못한 개운한 느낌이었다. 초면인 사람 앞에서 이렇게 울어도 되는 건지, 이게 울 일인지 끊임없이 검열하면서도 누군가 내가 우는 모습을 측은하게 바라 봐주는 것만으로도 위로가 되었다.

-7-

상담이 여러 차례 진행되었고, 나는 점차 덜 울게 되었다. 선생님은 이 사건, 부모님, 친구들, 폭음, 룸메이트, 삼촌, 돈, 재테크, 집에 대한 의미와 감정 같은 것들을 물으셨고, 나는 그런 것들에 대해서 하나하나 정리하기 시작했다. 내가 정리한 것들에 대해서 '이런 감정을 가져도 되나요?'라고 반문하면 선생님은 그런 생각은 안 해도 좋다고 하셨다. '자기검열'을 하지 않아도 되는 대화의 장은 편안했다.

선생님은 초반에 어떤 것을 하면 스트레스

가 풀리는지, 아무 생각이 나지 않는 것들에 대해 물었고, 내가 뜨개질, 낚시, 독서, 영화, 산책 등에 대해 나열하면 일주일 동안 가장 열심히 할 수 있는 것을 고르라고 했다. 아무것도 안하고 뜨개질만 하고 싶다고 하니 그것만 하라고 하셨다. 나는 퇴근을 하고 일주일동안 뜨개질만 했다. 청소도, 강아지 산책도, 재테크 공부도 하지 않고 손목이 나가도록 수세미를 떴다.

선생님이 부모님에 대해 물으셨을 때도 '부모님이 저에게 사과하셨으면 좋겠어요. 제가 사과해야 할 일이 아니라는 것을 알았으면 좋겠어요. 제가 맏이가 아니었으면 좋겠어요.'라고 말하며 또 다시 엉엉 울었다. 내 안의 어두운 그늘에는 내가 맏이이기에 지켜야 하는 큰 역할 같은 것들이 있었다. 먼저 사과해야 하고, 내 일이 아닌 갈등도 해결해야 했다. 작은 슬픔에는 서러워하지 않고, 큰 슬픔에도 담담해야 했다. 그럴수록 일부러 청개구리처럼 갈등을 만들었다. 그럴 때 유일하게 내가 의지한 사람이 그 친구였다. 의지하는 단 한 사람이 10년 동안 나를 속였다는 사실에 큰 충격을 받은 것이 컸다.

선생님이 집에 대해 물으셨을 때는 선뜻 대답을 하지 못했다. 막연하게 전원주택에 살고 싶은 꿈이 있었다는 대답은 지금 내가 하고 있는 상담에서 대답이 아니니까.

좋은 집에서 왜 살고 싶은지에 대한 생각을 하다 보니 내가 꼬마 때 살던 전원주택이 생각났다. 나와 남동생이 훌라후프를 하거나 눈사람을 만들 수 있는 작은 마당, 거기에 있는 키가 작은 나무들. 신축 아파트로 이사를 가고 청소년기에 보낸 작은 방은 나와 여동생이 누우면 가득 찼다. 그러다 대학을 간 후 집이 어려워졌고, 나는 빨리 자수성가는 못하더라도 내 입에 풀칠을 해야 했다. 입에 풀칠을 하는 사회생활 동안 나는 내가 어릴 적 뛰어놀던 마당을 갖고 싶어한 것 같다. 그러니까 집은 나에게 삶의 안정감, 평화로움, 입에 풀칠을 덜 해도 되는 경제적 여유의 징표 같은 것이다.

나는 집과 그 친구에게 너무 많은 의미를 부여하고 있었는지도 모른다.

선생님은 이제 어떻게 살고 싶은지에 대해서 질문을 하셨다. 원상복구라는 말이 입 안에서 맴돌았다. 나라는 집에 산사태가 났고, 나는 집을 다시 복구하고 싶었다. 폭음을 하지 않고, 울지 않고, 무기력하지 않고 싶다고 했다.

선생님이 그러기 위해 뭐부터 하고 싶은지에 대해서 하나하나 정해보라고 하셨다. 나는 우선 집에서 버려야할 것들을 모두 버렸다. 장식을 한다고 쌓아 둔 와인병 100개를 모두 버렸다. 화장실 선반에 모아둔 샘플, 주방에 먼지 쌓인 그릇들, 말라죽은 화분, 쓰지 않는 옷, 신발, 가방들을 하나하나 정리해서 쓰레기장에 버렸다. 내가 가장 아끼는 책 몇 권을 제외한 책 백여권을 버릴 때는 눈물이 나기도 했다. 다 버려야 새로 시작할 수 있을 것 같았다.

그렇게 나는 모든 것을 버리는 것으로 상담을 끝마쳤다. 선생님이 나아갈 수 있는 힘이 이미 나에게 있다고 응원해 주셨다. 나는 그 응원을 진심으로 받았다. 나는 이제 오롯이 혼자 설 수 있을 것 같았다. 이 일이 내 인생의 중요한 꼭지점이고, 삶의 태도를 바꾸는 계기이며, 전환점이 될 것이라고 생각했다. 그렇게 다 버리고 깨끗해진 집을 보니 그 다음 나아갈 방향이 보였다. 더 쾌적하고 좋은 집으로 가야한다. 그렇게 좁고 더운 월세집에서 탈출했다. 고마운 친구들과 동생들과 은행의 도움으로. 수많은 질문을 통해 내가 스스로 힘을 내고 나아갈 수 있도록 해 주신 상담 선생님의 위로로. 인생의 굴곡을 또 한 번 이겨낸 나의 단단함으로.

치열한 여름을 보내고 나니 가을이었고, 나는 조금 멋진 30대 싱글족이 된 것 같다.

욕조 찾아 삼만리

나의 조부모는 시골 마을에서 제법 큰 목욕탕을 운영하셨다. 그것은 일생의 축복이었다. 부모님이 중국집을 운영하면 대게 자식들은 짜장면을 좋아하지 않는다. 그러나 나는 그 반대였다. 365일 중에 365일을 목욕탕 온탕과 냉탕에서 물장구를 쳤다. 어느 날은 아침에 들어가서 물장구를 한바탕 치고 나서도 마감 청소를 하는 시간에 또 들어가서 온탕에 몸을 둥둥 띄었다. 물이 가득한 곳에 있을 때면 왠지 모르게 마음이 편안했다.

　　내가 중학생이 되고 얼마 안 돼서 목욕탕은 문을 닫았다. 그 일이 내 인생 첫번째 비극이었다. 나는 아직도 목욕탕을 닫지 않았으면 우리 가족이 더 잘 풀렸을 거라고 막연하게 생각한다. 그러다 재미삼아 보러 간 사주에서 내 사주에는 물이 부족하다고 했을 때 무릎을 쳤다. 괜히 음양오행이 있는 게 아니구나. 물과 멀어지면 어쩐지 일이 잘 안 풀리더라.

　　365일 물놀이를 할 수 없지만 여름이 찾아오면 수영장이나 강가에서 헤엄을 쳤다. 넓은 강가에서 물속에 누워 하늘을 보곤 했는데, 하늘을 뒤집으면 이렇게 뜰 수 있지 않을까 하는 생각을 했다. 윙윙 물이 흘러가는 소리가 들리거나 귀속으로 물이 가득 차면 나는 지구를 등지고 완벽히 혼자가 되는 기쁨을 느꼈다. 멀리서 친구들이 라면 먹으라고 소리를 쳐도, 튜브를 타고 물장구치는 동생들의 웃음소리도 꼬르륵하는 물소리가 한번 막아주면 지구 반대에서 벌어지는 일 같았다. 물 속에서는 오롯이 혼자다.

나는 독립을 하고 총 4번의 이사를 했다.

첫 번째 대학가 원룸촌에 있는 4평 남짓한 방이었다. 그 집은 욕조는커녕 세면대도 없었다. 그냥 쪼그리고 앉아 세수를 하거나 허리를 110도 정도 숙여 머리를 감았다. 두 번째 집은 15평짜리 작은 아파트였다. 세면대가 드디어 생겼다. 세 번째 집은 24평에 다가구 주택이었다. 처음으로 욕조를 샀다. 강아지 욕조.

네 번째 집을 찾으러 내가 사는 지역의 스무 곳이 넘는 집들을 보았다. 그 많은 집들 중에서 욕조가 있는 집은 한 곳도 없었다. 이사를 계획할 때 여러 조건들이 있었지만 욕조를 필수 조건으로 하기에는 내 코가 석자였다. 욕조가 없어도 좋은 가격에 깔끔한 집이고, 내 반려견들과 누울 수만 있다면 어디든 오케이였다. (이 시기가 부동산 집값이 사상 최고치를 향해 달려가고 있을 때였다. 욕조를 따질 때가 아니었다.) 그러다 내 예산을 조금 (많이) 초과하는 집을 보러 가게 되었다. 드디어 만났다. 욕조. 이름부터 특별한 욕조. 그것도 2명이나 나란히 누울 수 있는 큰 욕조였다.

첫 눈에 반하면 머릿속으로 사귀고, 싸우고, 화해하고, 찐하게 연애하고, 결혼하고, 예쁜 자식을 낳는 상상을 하는 것처럼. 나는 욕조를 보자마자 이것과 내가 할 수 있는 모든 힐링 타임을 상상했다. 그렇게 나는 욕조를 아니 집을 계약했다.

유학생활을 하다 한국에 들어와 김치찌개를 먹는 마음으로 요즘 목욕에 미쳐 있다. 환경운동가들이 단체로 몰려와 시위를 해도 할 말이 없을 정도로 욕조에서 산다. 듣지도 보지도 못한 수도세와 도시가스요금 고지서를 보고 욕조와의 장거리 연애를 고려 중이긴 하다. 고려만 하는 중이다.

지구를 등지고, 온전히 혼자가 될 수 있는 시간이 좋다. 세상에 모든 소리가 사라지고 물소리만 가득한 공간이 마음을 편안하게 한다. 그 속에서 나는 정화가 되고 에너지를 충전할 수 있다.

(TMI: 2021년 9월 욕조를 다시 만나기까지의 긴 여정의 끝, 환경을 생각해 수영을 다니기 시작했다. (환경은 핑계다. 수영이 하고 싶었다.) 고요하진 않지만 어푸어푸하는 내 숨과 나를 꽉 감싸고 있는 물의 중압감을 다시 느끼니 나는 목욕보다 수영이 하고 싶었는지도 모르겠다. 음양오행은 참 신기하다. 수영을 다니고 나는 더 행복해졌다.)

멜론, 한라봉 그리고 딸기

20대에는 몸이 삐걱거리면 아이러니하게도 어르신처럼 삼계탕, 해천탕, 염소탕 같은 보양식을 찾았다. 진득한 국물을 마시고 몸에 기름칠하면 무거웠던 몸이 가벼워졌다. 그런 '음식'빨은 20대에나 먹히는 것인지 요즘은 영 기운이 없어도 그런 음식들이 무겁게만 느껴진다. 계절별로 몸이 찌뿌둥한 시기가 찾아오는데 이때 나는 제철 과일을 찾아 먹는다.

　　작년 여름에 한차례 큰 파도를 넘기고 나서 눈코 뜰 새 없이 일들을 해결하다 보니 가을이었다. 모든 일이 다 해결되니 정신이 풀어지고, 정신이 풀어지니, 몸이 아팠다. 아픈 몸을 어찌할 지 몰라 널브러져 있을 때 아직도 마음이 많이 아프다는 것을 알게 되었다. 그때 여동생이 자주 나를 들여다봐 줬다. 죽었나 살았나 체크를 한 건지 모르겠지만 오늘은 얼마나 화가 났는지 또 오늘은 얼마나 슬픈지를 물어봐줬다.

　　그날도 여동생이 생사 확인을 위해 우리 집에 방문했고 나는 멜론을 썰었다. 추석 때 엄마가 굳이 하나 들고 가라고 성화였기에 이고 지고 가져온 멜론을 손도 대지 못하고 냉장고에 모셔 두었다. 1인 가구에서 은근히 손을 대기 어려운 과일이 멜론이지 않을까? 껍질도 많이 나올뿐더러 씨를 바르고 예쁘게 모양을 내서 써는 것까지 여간 번거로운 과일이 아니다. 그 까다로운 과일을 정성스레 깎아내는 것은 언니가 있는 곳까지 2시간을 넘게 운전을 해서 찾아오는 동생에게 고맙고 미안한 마음에 뭐라도 꺼내 먹이고 싶은, 어딘가 시골 할머니를 닮은 마음이었다. 그렇게 우리는 선선하면서도 쌀쌀한 가을밤에 멜론을 먹었다.

그해 겨울에는 여동생이 전화해서 오빠(나에게는 남동생)가 한라봉을 집으로 보냈다고 자랑했다. 가끔 이런 형평성에 어긋나는 거래(?)가 오가는데, 순간 섭섭한 마음이 들었다. 나는? (딱히 내가 남동생에게 해준 건 없다. 잘 안다.)

오랜만에 가족이 다 같이 모이는 기회가 있었고 나는 반농담으로 한라봉 이야기를 꺼내면서 남매는 한라봉 한쪽도 나누어 먹어야 한다고 항의했다. 좁고 좁은 내 마음의 크기에 또 한 번 놀란다. 한라봉 하나 못 먹는 게 뭐 그리 서럽다고. 남동생은 그 이야기가 얼마나 신경 쓰였을까? 다시 만난 설에 남동생은 한라봉을 한 꾸러미 주면서 맛있게 먹으라고 웃는다. 시골 할머니가 된 나는 마음 넓은 남동생의 한라봉을 보면서 마음이 시큰해진다.

기온이 한번 오르더니 2월 끝자락에 큼직한 딸기가 많이 나온다. 오랜만에 딸기를 씻고 꼭지를 하나하나 다듬어서 강아지들 한입씩 챙겨주고 나도 몇 알 주워 먹었다. 케케묵은 방에서 딸기향이 오르고 머리카락 끝까지 딸기향이 묻은 느낌이다. 저녁에 먹은 기름에 볶은 소시지, 계란후라이, 미역국이 느끼했는데 시원하게 속을 정리해준다. 겨우내 나 모르게 아팠던 감정들도 같이 정리되는 기분이다. 딸기 몇 알로 이렇게 재충전이 되다니.

그렇게 봄이 다가오는 계절에 딸기를 먹고 있으니 멜론 먹었던 가을과 한라봉을 먹었던 겨울이 생각난다. 몸과 마음이 상했을 때는 제철 과일을 먹어보라. 그리고 소중한 사람들과 나눠 먹어보길. 더 나아가서 네 생각이 났다며 선물도 해보길 바란다. 계절을 챙기는 것은 자신을 잘 챙기는 좋은 방법이다. 맞이하는 계절마다 누군가를 챙기는 것도 나에게 주는 행복이다. 이번 주말은 할머니 기일이고 모두 모이기로 했으니 예쁜 딸기들을 가득 들고 가야겠다.

흑역사 공장장

나는 흑역사 공장장이다. 흑역사의 성질이 그렇듯 잊고 살겠다며 앞으로 나아갈 때마다 어두운 그늘처럼 나를 덮는다. 짝사랑하던 친구와 길을 잘 걷다가 철퍼덕 넘어지는 것은 흑역사지만 이 정도는 시간이 지나면 웃으면서 말할 수 있는 귀여운 추억이 된다. 살이 잔뜩 쪄서 교복 자켓을 입다가 우두둑 터지는 소리가 났을 때도 부끄러움이 잔뜩 올라왔지만 이런 일들도 지나고 나면 다 별일인가 싶다.

흑역사도 역사이기에 자꾸 회자되지 않으면 금세 잊히고 만다. 그러나 어른이 되어서도 끊임없이 괴롭히는 흑역사들이 있는데, 흑역사가 쌓이고 쌓여서 이제는 극복해야하는 목표 같은 것이 되었다.

내가 초등학교를 다닐 때 웅변대회는 백일장, 사생대회와 어깨를 나란히 하는 대회였다. 원고를 외워 관중들 앞에서 큰 목소리로 '이 연사 힘차게 외칩니다!'라고 카리스마 있는 눈빛과 절도 있는 손동작을 보여주면 우렁찬 박수소리와 함께 학교 스타가 되는 대회였다. (학생들의 스타보다는 선생님들의 스타였던 것 같기도 하고.)

나름 똘똘하단 소리를 들었던 나는 학교 대표를 뽑는 '웅변대회'에 처음으로 나가게 되는데 그때가 초등학교 3, 4학년쯤 되었던 것 같다. 전교생이 가득한 운동장은 말 그대로 뜨거웠다. 단상에 올라 마이크 가까이 섰을 때 원고가 적힌 종이는 백지였다. 뜨거운 햇빛과 빼곡한 아이들의 눈빛에 아무런 글씨가 보이지 않았다. 순간 외계인이 나타나 내 기억 중 암기한 내용만을 훔쳐 도망간 기분이었다. 잔뜩 긴장한 나는 몇번의 웅알이를 하고, 선생님 손을 잡고 내려왔던 것 같다. (사실 이 순간이 잘 기억나지 않는다. 아무래도 외계인이 기억을 도둑질했다.)

그리고 집에서 대성통곡을 했다. 연습한 것을 제대로 보여주지 못한 것도 서러웠고, 웅알이를 하고 내려온 뒤 다음 차례로 나보다 한 학년 어린 친구가 기세 좋게 웅변을 잘 마쳤던 것도 질투가 났고, 상스럽게 표현하자면 쪽팔렸다. 그때 동화 인어공주의 마녀에게 목소리를 팔았던 것 같다. 관중들 앞에서 발표를 한다는 것은 공포 그 자체였다.

초등학교 6학년 가창 시험을 볼 때는 씩씩

한 척, 아무렇지도 않은 척 노래를 불렀다. 부르짖었다는 것이 맞는 표현일지도 모르겠다. 선생님이 호명하며 학생들의 가창 점수를 불러 주셨는데 한 학급에 20명이 조금 넘는 우리 반에서 모든 여자아이들이 A를 받을 때 혼자 B를 받고는 어쩔 줄 몰라 했다. 그래도 의젓한 6학년이라고 친구들 모두 웃지 않고 넘어간 그 시간이 고마웠다.

문제는 하교길에 친구들과 운동장을 가로질러 걷고 있는데 노래 좀 한다는 친구 녀석이 자전거를 타고 오면서 신나게 노래를 불렀다. 자기는 학교 모든 시험이 노래 하기였으면 전교 1등을 했을 것이라는 자신감에 가득 찬 목소리가 어쩐지 부러웠다. 그때 '그런데 우리 반 여자애들 중에서 너만 B인거 맞지?'하며 물었을 때 목소리뿐만 아니라 다리도 팔린 것처럼 힘이 축 풀렸다. 나쁜 놈.

그래도 친구, 가족들 앞에서 조잘조잘 잘 떠들었다. 사람이 많고, 공식적인 자리가 아니면 곧잘 말했다. 노래는 못해도 목청은 컸고, 발표를 못해도 글쓰기를 좋아했다. 6학년 가을 운동회 때 응원단장으로 앞에 섰는데 응원단장은 노래를 잘 할 필요도, 암기한 원고를 말할 일도 없는 자리였다.

목청만 크면 되는 것이다. 잔뜩 준비한 응원도구들을 흔들며, 흥을 끌어올리려 애쓰는 중에 담임 선생님이 따로 나를 부르셨다.

"따라해봐. 개똥벌레! 시작!"

"개똥벌레! 시~~~작!"

"아니지. 시!작!"

"시~~~~~자악~!"

시작 구호에 맞춰 노래가 시작되어야 하는데 내 시작 구호는 눈치게임처럼 도무지 언제 시작하는지 맞출 수가 없었다. 337 박수도, 응원가도, 함성소리도 내 구령에 따라 고장 난 테이프가 되어 가고 있었다. 그 '시작!' 구호를 맞추지 못하고 번번히 틀리자 학부모들은 자지러졌고, 친구들은 불안한 눈빛으로 나를 쳐다보고 있었다. 선생님은 이마를 짚으면서 '시작!'을 가르쳐 주셨다. 난 운동회 끝까지 '시작!'을 해내지 못했다. 내 시작은 늘 '시~~~~~작!' 같은 느낌이니까.

이쯤 되면 염소 같은 목소리로 발표 하나 제대로 못하는 어른이 되어야 맞지만 몇번의 흑역사를 통해 얼굴이 두꺼워졌고, 더 잘하려고 노력을 했고, 무엇이든 잘해야 돈이 된다는 자본주의를 배우고 나서 발표를 꽤 자연스럽게 하는 어른으로 자랐다. 조별 과제에서 발표는 늘 내 담당이었고, 친구 결혼식 사회를 보기도 하고, 학원 강사로 일하면서 학생들을 가르치기도 했다. 우리 부서 신입사원들은 내가 전부 교육했다. 자본주의 경험이 얼마나 대단하냐 하면 스스로 발표하는 것뿐만 아니라 나 말고 다른 사람들이 발표를 쉽게 하도록 축사, 인사말 등의 원고를 대신 써주거나 다듬어주는 일도 했다.

목소리를 제대로 내지 못했던 나의 빛나는 흑역사들로 이만큼 성장할 수 있었다. 흑역사가 대단히 흙빛인 역사가 맞는가? 내가 지금 한 이불킥이 하이킥 정도는 되나? 결국 내 흑역사를 단점으로 만들 건지, 장점으로 키울 건지는 나 하기 나름이다. 결국 우리는 기저귀도 떼고, 걸음마도 떼지 않았나?

그래도 아직 노래방에 가면 정말 친한 사람이 아니면 노래를 잘하지 않는다. 그래도 억지로 노래를 꼭 해야 하는 상황이 오면 음을 틀리지 않고 부를 수 있는 열심히 외운 몇 곡만 꾸준히 부른다. (애창곡과는 개념이 다르다.) 누군가 자전거를 타고 너 노래방에서 남들 다 100점 맞는데 60점 맞았다며? 할 것 같은 공포가 아직 남아있다. 노래방에 가면 제일 먼저 리모컨을 들어 [점수 없음]을 누른다. 세상 참 좋아졌다.

웃기고 슬픈 일이지만 집안일을 하거나 샤워를 할 때 단독 콘서트를 자주 연다. 그렇게 독창을 다 마치고 고요해진 집에서 혼자 웃으며 생각한다. 내 시작은 '시~~~작!'이니까 이제 목소리를 잘 내게 된 것처럼 어쩌면 쉰쯤에 김연자 같은 가수가 되지 않을까? 아~모~르 파티!

용서합니다 휴먼

파워 J형 인간인 나는 매일 바쁘다. 일이 많아서 바쁘기 보다는 한가하게 있는 꼴을 못 참는다. 매시간 해야 할 일이 있어야 하고, 휴식조차 계획하고 쉰다. 빼곡한 투두리스트가 있어야 에너지가 넘치고 그것들을 하나씩 해결해 나갈 때 희열을 느낀다. 누군가는 부지런하다고 칭찬하겠지만 이 부지런함에는 치명적인 단점이 있다.

한없이 늘어지는 날. 금요일 저녁을 신나게 즐기며 술을 잔뜩 마시고, 어영부영 눈을 뜬 10시쯤 아무것도 하기 싫어서 침대와 한 몸이 되어 휴대폰만 뚫어져라 보는 1~2시간을 보내고 나면 참을 수 없을 정도로 내가 한심하다. 게으름이 게으름을 불러온다고 그런 날은 온종일 아무것도 안하고 퍼져 하루를 보낸다. 그런 날은 하루의 끝자락 이불 속에서 내 뒷담화를 한다. 무능하고 쓸모 없는 것.

또 대단한 단점 하나는 계획이 틀어지면 심기가 불편해 어쩔 줄 모른다는 것이다. 계획이 틀어지면 화가 나는 못된 성미를 고치려고 부단히 노력했다. 많이 고친다고 고쳐서 해수욕장 가는 날 비가 오는 상황처럼 내가 통제할 수 없는 영역이나 타인의 일신상의 사유로 계획이 어그러질 때는 '그럴 수도 있지.'하며 이해하고 넘어가게 되었다. 문제는 내 실수로 계획대로 수행하지 못할 때 발생한다. 그럴 때는 자책을 넘어 나를 고립시키고 호되게 괴롭힌 다음에야 스스로 결박을 풀어준다.

야심 찬 계획이 아니라 아주 사소한 일에도 계획대로 되지 않으면 마음 속에 나를 지옥으로 초대해 괴롭힌다. 아침에 꼭 1시간 걷고 와야지 같은 사소한 것들을 계획하고 다음날 출근 시간이 다되어서야 눈을 뜨면 걷지 못해 한이 맺힌 사람처럼 나를 하염없이 구박한다. 평소에는 만보도 안 걷는데 말이다.

이번 달은 5kg을 감량하겠다고 목표를 정하고 나름 최선을 다해 운동도 하고, 식이 조절을 해서 3kg을 감량했다면 남은 2kg을 감량 못한 나는 실패자가 된다. 이런 마음가짐으로 보낸 지난 세월 동안 내가 아는 사람 중 제일 한심한 실패자는 당연히 나였다.

이런 내 모습은 스스로 통제함으로써 좀 더 나은 사람이 되기 위한 방법이었던 것 같다. 철저한 계획과 계획을 실천하면서 치열하게 살아가는 모습도 좋았고, 그렇게 하면서 성장해 나가는 내 모습이 퍽 멋있다고 생각했다. "오늘도 바쁘게 살았구나. 넌 참 쓸모 있어." 같은 칭찬을 셀프로 자주 했다.

내가 나와 자주 싸우고, 미워하다 보니 나는 나와 꽤 서먹한 사이가 되었다. 자주 실패할 때마다 오히려 더 통제했고, 통제하며 성공할 때마다 더 칭찬했다. 계획이 있어야 곧은 삶을 사는 것 같고 계획이 없으면 고삐 풀린 망아지가 되는 것 같았다. 벗어날 수 없는 굴레였다. 사람으로 살 것인가? 망아지로 살 것인가?

책을 읽다 '세상에서 나와 가장 오랜 시간을 보내는 사람이 바로 나'라는 이야기를 읽었을 때 머리를 한 대 맞은 기분이었다. 늘 예민하고 매사 날이 선 이유가 세상에서 가장 싫은 사람과 부대끼며 살고 있었기 때문이라는 생각이 들었다. 나는 나를 극한으로 몰아넣고 조롱했고 분노했다. 내가 나를 사랑하지 않으면 하루하루가 고역인 것이다.

나는 나를 용서할 필요를 느꼈다. 나를 통제할 필요가 없다는 사실을 인정하고, 하루를 계획대로 사는 것이 아니라 자유롭게 춤추듯이 살아야 한다는 것을 받아들였다. 그동안 나를 미워해서 미안하다고 스스로 용서를 구하고 앞으로 나를 더 아끼고 사랑하겠다고 다짐했다. 이불 속에서 하던 뒷담화 대신 오늘 하루도 수고했다는 격려의 말로 스스로를 다독였다.

지금 할 수 있는 일을 집중하면서 하되 하고 싶은 일이 생기면 잠시 하던 일을 놓는 연습들을 한다. 스스로 정한 원고 마감일에 원고 마감을 해보려 애썼지만 잘 안 될 때는 하고 싶은 일이 무엇인지를 스스로 물어본다. 어느 날은 썼던 원고들을 다시 훑어보는 일을 하고 싶었고, 어느 날은 도서관에 들어가 낯선 책들을 만나고 싶었다. 물론 족발 하나 시켜서 소주를 마시고 싶은 날이 더 많았지만 그렇게 풀어지더라도 기꺼이 그렇게 했다. 기특한 나란 사람은 오늘은 쉬더라도 내일은 원고를 마감할 것을 잘 알았기 때문이다.

나를 용서하면서 편해지는 점은 그렇게 미웠던 내가 조금씩 좋아진다는 것이다. 나라는 좋은 사람과 오랜 시간을 보낸다고 생각하니 별다른 계획을 세우고 싶지 않은 날에는 하염없이 늘어져 있어도 불안하지가 않다. 가끔 이렇게 퍼져 있어도

되나 싶을 때도 있지만, 그럼 다음 날에 '나'와 '나'
는 부지런하게 하루를 또 살아본다. 내가 세상에서
제일 오랜 시간을 보내는 사람도, 제일 믿는 사람
도 나이기 때문에 오늘도 인생을 춤추듯이 그렇게
유연하게 나아간다.

봄에서 여름으로

절기가 있듯이 내 생체리듬에도 탈이 나는 시기가 있다. 봄에서 여름으로 넘어갈 때 꼭 앓는다. 속이 묵직하고 체한 것 같은 느낌이 들어서 땀을 삐질삐질 쏟고 약을 털어 넣는다. 모든 걸 게워 낸 후 깨닫는다. 1월부터 쉬지 않고 달렸다는 것을. 6월 미지근한 방바닥에 착 달라붙어 생각한다. 굶자. 쉬자. 미지근한 물을 몇 모금 마시고 일찍 눈을 감는다.

계절이 바뀔 때면 나는 더 이상 앞으로 나가지 않고 뒤를 돌아보고 있다. 빼곡하게 달려온 시간만큼 머리 속이 꽉 차서 한 번 비워내야 하는 시기가 온 것이다. 계절은 인생의 알람시계 같은 것 아닐까? 이번 계절이 끝나가니 다음 계절을 준비하라는 지구의 따뜻한 배려 같은 것.

충분히 아파하고 일어나면 오히려 모든 것이 선명하다. 여름이 다가오고 있으니 머리를 비울 겸 몸을 움직인다. 6월의 햇빛은 아직 봄 같다. 공기는 훗훗하고 불어오는 바람은 시원하니 좋다. 인스턴트 죽을 몇 숟갈 뜨고 아이스 커피를 연하게 타 마신다. 죽을 고비를 넘긴 사람처럼 약간의 비장함이 있다. 머리 속을 하얗게 만들고 신나는 노래로 가득 채운 노동요 플레이리스트를 만든다. 목적은 하나다. 상념을 내려놓고 새 계절을 맞이하는 것.

여름 옷가지를 모두 꺼내고 분리한다. 작년에도 안 입은 옷, 작년에 입었지만 해진 옷, 작년에 입었고 올해도 입을 수 있는 멀쩡한 옷. 버려야할 옷들을 모두 비닐봉투에 담는다. 그리고 버리지못한다. 해진 옷은 잠옷으로 입을 수 있을 것 같고, 작년에도 안 입은 옷은 올해는 꼭 입을 수 있을 것같다. 비닐봉투를 봉하고 가을이 오면 처분한다. 가을이 올 때까지 꺼내 입지 않았다면 내 옷이 아닌 것이다.

깨끗하게 세탁한 옷들이라도 서랍장에서 1년을 지내면 묵은 냄새가 난다. 그 냄새가 코끝을 스치니 사람도 나아가는 방향 없이 머물러 있다면 묵은 냄새가 날지도 모르겠다는 생각이 스쳤다. 결국에는 우리는 어느 방향이든 나아가야하지 않을까? 청소를 하는 중에는 이런 상념을 하지 않기로 했는데도 잘 안 된다.

여름 옷을 빨 때는 좋아하는 섬유유연제 대

신 식초를 넣는다. 살균효과도 있고 환경 오염을 줄일 수 있어서 좋다. 무엇보다 땀냄새, 묵은 냄새 등을 제거하는데 효과적이다. 세탁이 완료되면 옷을 널러 가고, 세탁기는 다른 옷가지들을 다시 세탁한다. 한 번에 많은 빨래를 넣지 않고, 세탁기통에 반 정도만 차게 옷을 넣고 세탁해야 세탁기에도 좋고, 빨래 상태도 좋다.

빨래는 세탁기가 해주고 건조는 건조기가 해주는 시대다. 빨래하는 수고로움이 많이 덜어졌다. 하지만 건조기가 없는 나는 빨래건조대를 들고 옥상으로 간다. 건조기의 보송보송함은 없지만 햇빛과 바람이 빳빳하게 말려주는 옷감의 느낌이 좋다.

발바닥이 까매진 흰 양말들은 조물조물 빨래비누를 묻혀가며 손으로 빠는데 우리 엄마는 이 모습이 궁상스러워 보인다고 하신다. 그래도 다시 새하얗게 태어날 수 있는데 단지 발바닥이 까매졌다는 이유로 쓰레기통에 버리기에는 아깝지 않나? 우리는 가끔 작은 티끌에도 이별부터 생각한다. 양말이 찢어지지 않는 이상 나와 더 긴 인연을 보낼

물건인 것이다.

　　세탁기를 4번 정도 돌리고 나니 세탁물에서 천원 한 장, 백원 하나 나오지 않은 것이 아쉬우면서도 작년 여름에는 정신을 잘 차리고 살았던 것 같아 이상하게 뿌듯했다.

　　세탁과 건조가 반복되는 사이에 배수구 청소를 하고, 냉장고 정리를 하고, 선풍기 날개를 닦고, 에어컨 필터를 세척한다. 땀이 목을 타고 흐르지만 시작한 김에 끝내야 개운하다. 마른 빨래들을 모두 개고 나면, 어제 체했던 게 맞는건지 싶을 정도로 허기가 진다. 든든한 끼니를 차려 먹고 깨끗한 선풍기 바람을 쐬고 있으니 올 여름도 걱정이 없다.

에필로그

2022년 여름과 가을 동안 퇴근 후 글을 쓰며 가장 신나는 시간을 보냈습니다. 과장을 조금 보태서 말하자면 여태 이렇게 즐거운 시간이 있었나 싶은 정도였어요.

희대의 난제인 하고 싶은 일과 잘하는 일 중 어떤 것을 해야 맞는지에 대해 우리는 모두 각자의 사정으로 이야기합니다. 하고 싶은 일을 잘하게 되면 좋겠지만, 잘하는 일을 좋아하게 되어도 나쁘지 않은 것 같아요. 물과 기름처럼 두 개가 전혀 섞이지 않는다면 그냥 하고 싶은 일도 하고, 잘하는 일도 하는 게 맞는 것 같습니다. 오랜 직장 생활 중 이 책을 만드는 것처럼 말이에요.

2023년 1월 출간 후원을 시작하고, 악몽을 꿨습니다. 모르는 사람이 저에게 '꿈이 무엇인가요?' 물었고, 저는 '제 이름으로 책을 만드는 것이 꿈이에요.' 하고 대답했습니다. 그분이 저에게 '그러면 꿈을 이루셨네요?' 반문했을 때 온몸에 식은 땀이 흐른 채로 잠에서 깼습니다. 책을 마무리하는 이 순간에 뭔 악몽 타령이냐고 하시겠지만, 꿈을 이룬 거냐는 난생처음 받는 질문에 퍽 무서웠던 것 같습니다. 슬프게도 꿈을 이루는 상태까지 도달해 본 적이 없었던 것 같거든요.

저는 꿈을 이룬 걸까요? 저는 더 이상 꿈이 없는 걸까요? 올해는 이 지점에서 헤매며 다닐 것 같습니다. 새로운 멋진 꿈을 만나게 되면 제일 먼저 알려드리겠습니다. 그때까지 건강하고, 평온하세요.

P.S 고마운 분들이 많지만 모두 말씀드리기에는 지면이 짧아 그랜절로 대체하고 싶은 마음입니다. 책이 2쇄를 찍는다면 그랜절 한 번 가봅시다.

오늘도 하나 배웠네요

ⓒ 장민지

발행일   2024년 9월 23일, 초판 1쇄

지은이   장민지
편집   장민지

발행인   민승원
발행처   인디펍
출판등록   2019년 1월 28일 제 2019-000008호
이메일   contact@indiepub.kr
대표전화   070-8848-8004
팩스   0303-3444-7982

ISBN   979-11-6756-594-5 (03810)